Der Sandmann

gewidmet Sebastian Flügel

Edith Förster

Der Sandmann

Ein philosophischer Bamberg-Krimi

Bibliografische Information der Deutschen National-bibliothek:
Die Deutsche Nationalbibliothek verzeichnet diese Publikation in der Deutschen Nationalbibliografie; detaillierte bibliografische Daten sind im Internet über http://dnb.dnb.de abrufbar.

Herstellung und Verlag: BoD – Books on Demand, Norderstedt

ISBN: 9783734719233

*Alle, die geboren werden, werden mit einem anhän-
genden finsteren Prinzip des Bösen geboren, wenngleich dieses Böse zu seinem Selbstbewußtsein erst
durch das Eintreten des Gegensatzes erhoben wird.
Nur aus diesem finstern Prinzip kann, wie der Mensch
jetzt ist, durch göttliche Transmutation, das Gute als
das Licht herausgebildet werden. Dieses ursprüngliche Böse im Menschen, das nur derjenige in Abrede
ziehen kann, der den Menschen in sich und außer sich
nur oberflächlich kennengelernt hat, ist, obgleich in
Bezug auf das jetzige empirische Leben ganz von der
Freiheit unabhängig, doch in seinem Ursprung eigne
Tat [...]. Nur jenes durch eigne Tat, aber von der
Geburt zugezogne Böse kann daher das radikale Böse
heißen.*

F. W. J. Schelling: Über das Wesen der menschlichen
Freiheit. Frankfurt aM Suhrkamp 1975, S. 80f.

I. Allegro ma non troppo

„Kann ich mal haben?", fragte Marie und bekam von Cyprian die Tageszeitung über den Tisch gereicht. Sie hatte ein wenig die Stimme erheben müssen, da drüben am Klavier Theodor virtuos-jazzig die Möglichkeiten eines einfachen Akkordmodells auslotete. Ottmar, der neben Marie saß, nahm den Serviettenkarpfen vorsichtig in die Hand, streichelte ihn kurz und ließ ihn über Maries Schulter blicken. So lasen sie nun zu dritt die Überschrift auf der Titelseite: „Grausiger Fund im Rosengarten - Sandmann schlägt erneut zu".

„Der Typ muss einerseits unglaublich krank aber auch unglaublich schlau sein, sonst hätten sie ihn längst gefunden. Da steht, es war das elfte oder zwölfte Mal, dass jemand verschwunden ist. Wieder fast an der gleichen Stelle! Und wieder Mal sind hinterher die Überreste irgendwo in der Innenstadt verteilt. Und das, ohne dabei bemerkt zu werden! Als ginge das mindestens so unauffällig wie ein Bonbonpapier fallen zu lassen.", schüttelte Marie den Kopf.
Wie jede Woche, um die neuesten Ereignisse zu besprechen, hatte sich auch an diesem verregneten Herbstabend der Stammtisch der philosophischen Fakultät der Bamberger Universität im gewohnten Lokal zusammengefunden. Ottmar setzte den Serviettenkarpfen, das aus Messing gegossene Maskottchen des Stammtischs, wieder vor sich auf den Tisch und sinnierte: „Wenn das stimmt ist das Ganze ziemlich unheimlich. Also da entführt jemand Leute die spätnachts in der Nähe der Sandstraße unterwegs sind, und löst sich dann in Luft auf. Verschwindet einfach, hinterlässt keinerlei Spuren, hat offenbar kein soziales

Umfeld dem manches Verhalten als verdächtig auffallen könnte, nichts. Es als käme dem über seine Verbrechen hinaus gar kein weiteres Sein zu, keine sonstige Existenz." Ottmar hatte beim letzten Institutspokal durch zwei heldenhafte Rettungstaten auf der Linie den Philosophen gegen die Philologen eine vollständige fußballerische Demontage erspart. In Computerspielen jagte er axt- oder keulenschwingende Untote, würmerzerfressene Monster mit ledrigen schwarzen Flügeln oder riesenhafte schnaubende Kampfschweine. Aber wenn die Rede von dem in der Presse so genannten Sandmann war grauste es ihn. Und in den letzten Wochen war immer öfter die Rede von ihm gewesen, dem verbrecherischen Phantom, das inzwischen die ganze Stadt beschäftigte.

„Der Sandmann ist sozusagen", meinte Cyprian, „eine Art Personifikation bzw. eben gerade Un-Personifikation der Privationstheorie: dem Bösen kommt gar kein eigenes Sein zu, wir bemerken es überhaupt nur durch seine zerstörerischen Auswirkungen." Cyprian war der Älteste am Tisch, Masterstudent, graue Eminenz im Kierkegaard-Lesekreis, ein bedachtsamer Denker sowie großer Kenner und Verehrer impressionistischer Malerei. In seiner mittlerweile vier Jahre zurückliegenden wilden Jugend war er fränkischer Nationalist gewesen, allerdings ohne mit seinem hochsubversiven Aktivitäten jemals große Beachtung zu finden. Im Freundeskreis war er außerdem für einen in einer Nacht des Rausches und der Glorie schon in seiner Gymnasialzeit unternommenen Partisanenstreich bekannt. Dieser hatte darin bestanden, die Gartenzwerge seiner spießigen Deutschlehrerin allesamt weder zu zerschlagen noch zu entführen, sondern demonstrativ als Ausdruck seiner höchsten abgrundtiefen Verachtung – umzuwerfen.

„So, und etwas das es nicht gibt soll Auswirkungen haben?", warf Dorina vom anderen Ende des Tisches ein. Auch Dorina spielte Computerspiele, alles was mit Fantasy zu tun hatte. Seit sie im ersten Semester mit 18 Jahren ein Seminar über Hegels Rechtsphilosophie mitgemacht hatte gab es kaum mehr etwas das sie erschrecken konnte. Ihren Mut stellte sie an schönen Wochenenden auch regelmäßig in den Kletterrouten der Fränkischen Schweiz unter Beweis. Wenn jemand irgendeine philosophische Behauptung in den Raum warf, attackierte sie die Position aus disputationsversessener Gewohnheit. So auch diesmal: „Was ist denn dann mit dem Satz vom zureichenden Grund?" „Das Böse hat gar keine eigene Wirkmacht. Alles was es positiv ist hat es sich vom Guten geklaut. Sagt zumindest Augustinus", antwortete ihr Cyprian und setzte „Ach verdammt" hinzu. Er hatte übersehen, dass Vinzenz im Begriff gewesen war ihm einen Springer wegzunehmen und diese Absicht nun ungestraft ausführen konnte.

Sein Gegner blickte vom Schachbrett auf, nahm einen Schluck warmen Getränks und zuckte mit den Schultern: „Passiert. - Aber soweit ich weiß setzt Augustinus voraus dass alles Seiende als solches gut ist, mit der Begründung es wäre von einem guten Gott geschaffen. Das einfach als Prämisse anzunehmen ist ziemlich schwach und vielleicht sogar zirkulär. Und es unbegründet anzunehmen gehört nicht mehr zur Philosophie. Scholastiker halt." „...die Amsel von Canterbury mit dem ornithologischen Gottesbeweis", zitierte Antonie eine unter den Philosophiestudierenden geläufige Verballhornung. Antonie, Dorinas beste

9

Freundin, war Gründungsmitglied des Kierkegaard-Lesekreises und verbrachte ihre sonstige freie Zeit beim THW. Ihr Einwurf löste allgemeines Grinsen aus.

„Naja", sagte Cyprian, „so verstanden ist die Ansicht tatsächlich schwach, aber *principle of charity*: berücksichtige die stärkste Form der Position deines Gegners. Und der zufolge ergeben sich Augustinus' vermeintliche ontotheologische Prämissen erst am Schluss aus einer bestimmten Deutung der Übel: nämlich dass ein Übel, Malum, das ist was schadet. Und schaden heißt 'etwas Gutes wegnehmen'. War damals unumstritten, und was sollte Schaden auch sonst sein? Aber wenn man von etwas ein Gutes wegnehmen kann, muss es vorher gut gewesen sein, und jetzt schlechter. Also Seiendes ist als solches, nur weil es Seiendes ist, gut. Aber das Übel kann dann selber kein Seiendes sein, sondern dem Sein nur parasitär anhaften." „Dafür dass es eigentlich Nichts ist, kriegt das Böse aber trotzdem ganz schön viel auf die Reihe", wandte Dorina ein, „vielleicht lassen sich mit der Theorie zerstörte Dinge erklären. Aber das sind doch nur die Auswirkungen von dem was das Böse angerichtet hat - also das moralische Böse, hinter dem ein Mensch steckt, der bewusst handeln und sich eben dazu entscheidet, das Böse und nicht das Gute zu tun." „Wie zum Beispiel der Sandmann", setzte Vinzenz hinzu.

Cyprian erwiderte: „Auch der muss damit irgendetwas wollen, was ihm irgendwie gut erscheint, wenn auch nur in seinem kranken verwirrten Geist. Der Wille richtet sich immer auf ein Gutes. Aber wenn es das falsche Gute ist, ein unangemessenes oder geringeres Gutes als man eigentlich anstreben sollte, dann ist der

Wille ein böser Wille. Und wenn ihm nur langweilig ist, jeder Verbrecher beabsichtigt irgendetwas Gutes, aber keiner begeht seine Taten um ihrer selbst willen. Das geht gar nicht, wenn das Böse nichts ist kann man nicht das Böse als Böses wollen, das hieße ja nichts zu wollen, also nicht zu wollen."

„Wie einer der krank und verwirrt ist verhält sich der Sandmann aber gar nicht", gab Marie zu Bedenken, die inzwischen den Artikel ganz durchgelesen hat. Sie war die Jüngste am Tisch, im zweiten Semester, und löste, stellte sie sich jemandem neu vor, ob ihres wenigstens für Philosophen ungewöhnlichen Nebenfachs regelmäßig Erstaunen und Kommentare wie 'Abgefahrene Kombination!' oder 'Krasse Kombo!' zusätzlich zum allen Philosophiestudierenden vertrauten 'Und was macht man dann mal damit????' aus. Anders war einzig ihre Bekanntschaft mit Cyprian verlaufen, denn der hatte gefragt: „Ach du studierst Informatik? Dann denkst du wohl sehr systematisch?"
„Ähm hm, was versteht ihr unter systematisch?" „Also ja." Daraufhin hatte Cyprian sie zum Stammtisch eingeladen, wo sie sich erst vorsichtig und wenig, mit der Zeit immer mehr und selbstbewusster an den Gesprächen beteiligte.

„Im Gegenteil", fuhr Marie nun fort, „dass sie ihn bis jetzt nicht gefunden haben und noch nicht mal die geringste Ahnung haben zeigt doch, dass da ein richtiges *brain* dahinterstecken muss. Jemand der das alles unglaublich geschickt und intelligent einfädelt, ein umfassendes Wissen hat über Ermittlungsmethoden und Bamberg, das alles auch noch zu nutzen versteht. Also eben nicht verwirrt und triebgesteuert ist sondern vollständig klar im Kopf - bis auf den Umstand dass er eben Verbrechen begeht. Ich könnte mir nicht vor-

stellen dass der eben nicht auch im Grunde weiß, dass das was er tut böse ist – aber er tut es trotzdem."
„Meinetwegen", räumte Dorina ein, „kann der Sandmann wenn er seine Verbrechen begeht irgendetwas Gutes (für sich) damit wollen. Aber das ist nicht der entscheidende Punkt der seine Handlungen zu bösen Handlungen macht. Der ist doch vielmehr: dass er sich also im vollen Bewusstsein was er da tut entscheidet, das was er beim Verfolgen seines 'Guten' anrichtet in Kauf zu nehmen. Er erkennt das Böse also und stimmt ihm zu, das heißt aber er will es wenigstens in gewisser Weise. Denn er hat sich ja bewusst entschieden, so und nicht anders zu handeln. Also nix mit Privation und das Böse will eigentlich keiner der handelt und ups! ist es auf einmal doch da. Wenn's so wär würde ja überhaupt keiner böse handeln."
Ottmar antwortete: „Aber wenn er wirklich vollständig das Wesen des Guten und Bösen verstanden hat, nämlich dass das Gute das ist was man tun soll und das Böse das was man nicht tun soll: wie kann er sich dann immer noch für das Böse entscheiden?" Antonie griff seine Gedanken auf: „Du meinst also entweder hat er doch nicht ganz verstanden was Gut und Böse ist, oder er handelt nicht rational, sondern es ist irgendeine Motivation, ein Trieb dabei." „Aber was sollte das sein?", konterte Dorina. „Es ist angeblich überhaupt kein Ziel, kein Muster zu erkennen warum er tötet. Und wenn er weiß: hey ich bin clever die erwischen mich eh nie, dann kann er das doch auch einfach so tun?"
„Hier steht", fasste Marie aus dem Artikel zusammen, „die Opfer haben überhaupt keine Verbindung, es sind Alte und Junge dabei, Frauen und Männer, keines wurde ausgeraubt oder missbraucht. Sie sind schein-

bar einfach so umgebracht worden, nur weil sie bei Dunkelheit in der Nähe der Sandstraße waren, gleichgültig ob allein oder zu zweit oder sogar zu dritt."

„Vielleicht mag er ja nicht, wenn Menschen an einem bestimmten Ort vorbeigehen, weil da irgendwas für ihn Wichtiges versteckt ist und er eine Entdeckung fürchtet?", vermutete Antonie. Dorina widersprach: „Da gehen überall ständig Leute vorbei, auch nachts, und denen passiert nichts, also den meisten." „Oder er mordet weil er Morden cool findet?", schlug Vinzenz vor, „so voll intrinsische Motivation, sozusagen künstlerisch, Freude am Tun: Boah ist das toll das viele Blut und das Leiden und so."

Marie nahm noch einmal die Zeitung in die Hand und las vor: „' . . . legen DNS-Spuren des nun ebenfalls als Opfer Identifizierten G.J. nahe, dass dieser vor dem eigenen Ableben mindestens zwei der Entführten seinerseits umgebracht hat. Da vorher keinerlei Verbindung zwischen den Beteiligten bestand lässt sich zumindest der Verdacht nicht von der Hand weisen, dass die Entführungsopfer zur gegenseitigen Tötung gezwungen werden.' – Das ist krank!" „Das ist wirklich krank", stimmte Vinzenz zu. „Aber dann begeht der Sandmann vielleicht seine Verbrechen deswegen, weil er Vergnügen daran findet, Menschen so absolut in seiner Gewalt zu haben und sie zum Äußersten zu zwingen? So: weil ich's kann."

„Aber solang er kein verwirrter Idiot ist und das zeigt sein sehr überlegtes Vorgehen, stellt sich immer noch die Frage, warum er sich entschieden hat, sich den Kick gefühlter Allmacht ausgerechnet auf diese besonders sublime Art zu verschaffen.", sagte Dorina in grimmigem Sarkasmus. „Irgendwo läuft es doch immer darauf hinaus, dass er das Böse als Böses will."

„Aber dann", mischte sich Ottmar zaghaft ein, „wäre der Sandmann ja boshaft gesinnt, in dem Sinn dass er das Böse als Böses zur Triebfeder in seine Maxime aufgenommen hat?" „Soweit ich weiß", erwiderte Cyprian, „hält Kant keinen Menschen zu dieser extremen Form des sittlich Bösen für fähig, die schon ans Dämonische grenzen würde."

In der Diskussion, vorher nicht ohne Eifer geführt, entstand eine Pause. Laut prasselte der Regen gegen die Fenster. Theodor hatte zu Spielen aufgehört, war vom Klavier aufgestanden und kam nun an den Tisch zu den Übrigen. Theodor war sehr ruhig, ebenfalls ein Mitglied des Lesekreises, und unternahm oft sehr weite Wanderungen in die Umgebung Bambergs allein oder mit ein, zwei Freunden. Im letzten Sommer war, unter anderem davon inspiriert, der halbe Stammtisch gegen ein Uhr nachts zu Fuß zur Giechburg aufgebrochen und dort auch tatsächlich bei Sonnenaufgang angekommen. An diesem Abend aber, obschon die Uhr neben der Tür des Lokals gerade erst Mitternacht herbeitickte, hätte sich keiner aus der Runde zu einem solchen Abenteuer bereitgefunden, und das lag nicht nur an der Kälte und am Regen draußen.

Vinzenz und Cyprian setzten ihre Partie schweigend fort, aufmerksam beobachtet vom Serviettenkarpfen, Marie und Ottmar. Cyprian glaubte schon seinen Gegner bei einer Unvorsichtigkeit erwischt zu haben und schlug mit dem schwarzen Läufer einen seiner Bauern. Zwei Züge später musste er seinen Irrtum erkennen, da Vinzenz ihm den Läufer wegnahm und obendrein Schach bot. Wieder einmal war er gezwungen sich einzugestehen, dass Vinzenz in diesem Spiel so leicht nicht beizukommen war. Dorina schien sich

14

in eigene Gedanken verloren haben, denn sie hatte den Kopf auf die Hände gestützt und beachtete ihre Umgebung nicht weiter. Theodor trank langsam wie es seine Art war sein Glas Bier leer.

Antonie sah sich unruhig im Lokal um: Es war nicht sehr groß, ein dunkler, holzverkleideter Raum. Zu einem Drittel wurde er schon ausgefüllt von einem Sofa, dem Klavier und einem Kontrabass sowie einigen Gitarren, einem Akkordeon, Bongos und anderen Instrumenten, die sich dazwischen bunt einsortiert hatten. Voll Rücksicht auf die empfindliche Nachbarschaft harrten sie zu dieser späten Stunde stumm ihrer Verwendung. Gegenüber standen die einfachen Holztische, von denen die Philosophen für ihren Stammtisch jedes Mal je nach Besucherzahl mehrere zusammenschoben. Im hinteren Drittel stritten eine mächtige Theke, ein Bücherregal, eine große Anzahl verschiedenster Flaschen, zahlreiche Bier- und Colagläser sowie eventuelle sonstige Gäste erbittert um den verbleibenden Platz. Auf den beiden Fenstern an der Stirnseite des Raumes lief der Regen windgetrieben zu phantastisch-grotesken, beinah Chladni-Figuren vergleichbaren Gebilden zusammen.

Plötzlich wurde die Tür des Lokals heftig aufgerissen, Regen spritzte herein, und eine mittelgroße triefend nasse dunkle Gestalt betrat den Raum, die die Studierenden – nach einem kurzen Schreckmoment – erleichtert als ihren Dozenten Schleppfuß erkannten. In ihrer Fakultät war es nichts Ungewöhnliches, dass bisweilen ein Dozierender sich mit den Studierenden über den universitären Rahmen hinausgehend traf und diskutierte. Sogar konnten zur Sommerszeit gelegentlich ganze Seminare in einen Bier- bzw. den privaten

Garten eines Dozenten verlegt werden. Der Entwicklung philosophischer Gedanken war es nicht wenig förderlich, wenn sich alle Beteiligten wenn nicht im eigentlichen Sinn persönlich, so doch wenigstens vom Sehen und mit Namen kannten.

Privatdozent Dr. Edwin H. Schleppfuß, der nun eben den Mantel ablegte der auf dem Boden schon eine kleine Pfütze zu hinterlassen begann, war trotz seines sinistren Namens ein ziemlich häufig und wohl auch gern gesehener Besucher des Stammtischs. Die Bedeutung des 'H.' in Schleppfuß' Namen war den Studierenden unbekannt, denn der Zweitname erschien selbst in allen Veröffentlichungen nur in dieser abgekürzten Form. Auch niemand sonst schien zu wissen wie er lautete. Ottmar und Theodor hatten daher die Lösung dieses Mysteriums zu ihrer Aufgabe erklärt und schon mit einigem vor allem gedanklichen Aufwand verfolgt, ohne jedoch ihrem Ziel jemals näher zu kommen. Schleppfuß war durch nichts zur Preisgabe des Namens zu bewegen, vielleicht gerade aufgrund des großen ihm entgegengebrachten Interesses. Er wahrte stets eine gewisse Distanz zwischen sich und seinen Studierenden, bewertete streng aber auch fair, war aber im Grunde gutmütig und ein geduldiger Erklärer. Zudem verfügte er über eine die Studierenden beeindruckende Belesenheit und Kenntnis nicht nur in seinem Fachbereich, sondern auch der Literatur und Musik sowie antiker Kultur und Lebenswelt.

Kaum war die Begrüßung vorüber, nahm sogleich Vinzenz die unterbrochene Diskussion wieder auf sagte: „Herr Schleppfuß, wir hatten eben eine Diskussion über das Böse, bei der wir uns – mit dem Beispiel des Sandmanns im Hintergrund – gefragt haben ob ein

Mensch das Böse einzig um des Bösen willen wollen kann und ob das Böse etwas ist."

„Und zu welchem Ergebnis sind Sie gekommen?" Schleppfuß hatte eine charakteristische knarrende Stimme, die ihm allerdings das Halten von Vorlesungen im großen Hörsaal oder die Verständigung an lauten Orten nicht eben leicht machte; eine gewissermaßen abstrakte Stimme, der die vielen oft vornübergebeugt am Schreibtisch mit stummer Lektüre verbrachten Stunden anzuhören waren. In der eben gestellten Frage hatte außerdem noch ein wenig harmloser Spott mitgeklungen. Denn nebenbei am Stammtisch die Lösung eines der größten philosophischen Probleme überhaupt zu unternehmen und dann womöglich gleich zu präsentieren zeugte vom Enthusiasmus seiner Studierenden und einem unbekümmerten Optimismus, der ihm mittlerweile gänzlich fremd war und einzig Anfängern in der Wissenschaft vorbehalten schien.

„Also eigentlich… noch zu keinem so richtigen.", gab Vinzenz zu. Dorina mischte sich ein: „Wir hatten aber immerhin festgestellt, dass jemand der verantwortlich handelt, also Vernunft hat, weiß was er tut und wie das moralisch zu bewerten ist, wenn er sich für eine böse Tat entscheidet das Böse daran tatsächlich gewollt haben muss." „Und wir waren darauf gekommen bei der Kritik der augustinischen Privationstheorie", ergänzte Cyprian. „Und jetzt wollten wir Sie fragen, woher das Böse kommt.", sagte Marie. „So? Und wenn ich Ihre Frage als unbeantwortbar zurückwiese mit der Begründung: der Ursprung des Bösen, Ursache alles einzelnen empirisch vorfindbaren Bösen, sei selbst unzweifelhaft und erst allein im eigentlichsten

Sinn etwas Böses? Aber, fragt man sich, wo kam dieses erste Böse her? – und dreht sich im Kreis."

„Aber dann ist das Böse vielleicht ganz einfach *causa sui*?", schlug Vinzenz vor. „Und was soll diese Erklärung bringen?", kritisierte Dorina. „Klingt sehr dualistisch, warum zwei *causa sui*? Geht das überhaupt widerspruchsfrei?" „Eben", versetzte Ottmar, „das Gute begründet sich ja auch schon selbst."

„Da streiten Sie schon und ich habe noch nicht mal etwas zu trinken.", seufzte Schleppfuß. Er wandte sich an Cyprian: „Nimmt der Wirt denn heute wenigstens Bestellungen entgegen?" „Ich fürchte", antwortete dieser, „Sie müssen an der Theke bestellen."

Der Wirt im Stammlokal der Philosophen war nämlich ein schillernder, für sein Gewerbe ungewöhnlich kapriziöser Charakter. Manchmal erkundigte er sich alle fünf Minuten ob etwas fehlte, war dann wieder für Stunden unauffindbar. Bestellungen brachte er ab und an um vieles verspätet, aber zuweilen auch sofort, und mitunter war es zielführender, mündlich um Auskunft über die vorhandenen Getränkebestände zu bitten als die Karte zu lesen. –

Die Partie Schach neigte sich derweil immer mehr dem Ende entgegen und zuungunsten Cyprians. Er besaß inzwischen nur noch den König, drei Bauern, sowie jeweils einen Turm und Läufer. Vinzenz hatte nun beinahe freie Hand. Schleppfuß kam mit einer großen Tasse dampfenden Punsches zurück, setzte sich und meinte schulterzuckend: „Andere warme Getränke gibt's nicht mehr sagt er." „Was? Auch kein Tee?", rief Antonie mit ironischem Entsetzen aus. „Doch, Tee gibt's auch noch", beruhigte Theodor. „Sie trinken wohl wirklich immer Tee?", fragte Schleppfuß Antonie, die sofort zurückgab: „Ja was denn sonst?" Alle die zugehört hatten lachten, denn es war altbekannt, dass Antonie ganz gleich wo sie war, immer und überall nichts trank als Tee. Sogar – womit Sie allgemeines Befremden ausgelöst und sich insbesondere Dr. Schleppfuß' Verachtung zugezogen hatte – im Biergarten und bei Stehempfängen.

„Ich glaube", nahm Cyprian, resignierend ob seiner unkomfortablen Lage im Spiel, das Thema des Abends wieder auf, „wir alle wollen uns mit Ihrer vorläufigen Antwort zum Bösen nicht so recht zufrieden geben. Selbstverständlich können wir jetzt so auf Zuruf keine ausgearbeitete, alle Probleme und Konsequenzen einbeziehende abschließende Lösung erwarten. Aber irgendeine Meinung werden Sie doch zum Bösen in der Philosophie haben?" Schleppfuß ließ sich nicht lange bitten. „Unter diesem Vorbehalt", meinte er, „würde ich das Böse am ehesten definieren als das Entzweiende, Zerstörende; mit der einigermaßen betrüblichen Konsequenz, dass es das Böse geben muss, soll es überhaupt irgendetwas geben. Die Meinung 'drum besser wärs dass nichts entstünde' vertritt ja nun aber bekanntermaßen Mephisto. Und für uns die wir das Gute (hoffentlich) wollen heißt das dann wohl, wir können nicht umhin erst einmal und auch das Böse bejahen. Wir müssen es anerkennen und uns damit anfreunden, dass in der Wurzel eines jeden Ichs das Böse sitzt, jede Individualität auf dunklem Grund ruht. Der Mensch muss sich erst wieder emporarbeiten, das Dunkle in sich verdrängen, und aus einer Finsternis höherer Art, aus der Finsternis des Bösen, des Irrigen, des Verkehrten das Licht des Guten, der Wahrheit und der Schönheit hervorrufen. Ein Gutes, wenn es nicht ein überwundenes Böses in sich hat, ist kein reelles lebendiges Gutes."

Er nahm einen großen Schluck Punsch, und Marie nützte die Pause um nachzufragen: „Wie ist das gemeint im Grunde jedes Ichs ist das Böse?" „Eben", schloss sich Dorina an, „es ist doch nicht schon an sich böse ein Ich zu sein. Man wird doch erst ein böser oder guter Mensch indem man sich für bestimmte Handlungen entscheidet oder meinetwegen auch Gedanken?" Vinzenz sah vom Schachbrett auf und unterbrach seine strategischen Erwägungen, da ihn die Diskussion mehr zu interessieren begann. Auch Theodor hörte schon aufmerksam zu.

„Auf gewisser Ebene schon", antwortete Schleppfuß, „aber wie hängen Ich und Entscheidung für Gut oder Böse genau zusammen? – Zuvor aber noch dies: Beim Nachdenken darüber was das eigentlich im Wesentlichen ist, ein Ich, worin das Ich-sein besteht, fällt auf wie sehr das Ich mit Entzweiung verknüpft ist, ja durch Entzweiung überhaupt erst ein Ich ist: Indem ich zu mir selbst 'ich' sage und mich überhaupt erst als Ich setze grenze ich mich ja zum einen von den anderen ab und entzweie mich von ihnen. Und zum anderen sogar auch von mir selbst. Denn um mich überhaupt ‚Ich' nennen zu können muss ich mich selbst betrachten, muss dazu in gewissem Sinn mich von mir selbst trennen, also entzweien. Wie harmonisch muss dagegen das Dasein einer Kartoffel sein, welches sich unter anderem in dem wesentlichen Punkt von dem unseren unterscheidet, dass sie nicht über sich nachdenkt! (Kierkegaard) Denn als Entzweiung hatten wir ja vorhin das Böse definiert."

„Ein Hoch auf die Kartoffel!" „Jawohl, ein Hoch auf die Kartoffel und ihr harmonisches Dasein!" Alle in der Runde griffen den von Vinzenz scherzhaft eingeworfenen Trinkspruch auf und stießen an. Nachdem

20

wieder Ruhe eingekehrt war fuhr Schleppfuß fort: „Nun bin ich aber noch immer eine Erklärung schuldig zu der freien Entscheidung des Ichs, die es zu einem guten oder bösen Menschen macht. Frei heißt aber hier mitnichten spontan, ohne Grund; frei sind wir in den Entscheidungen, die aus der eigenen Natur hervorgehen, dem intelligiblen Wesen eines jeden einzelnen Menschen. Und auf diese Art kann sich auch jemand frei zum Bösen entscheiden."

Diesmal protestierte Ottmar: „Aber Freiheit besteht doch gerade darin, sich unter das moralische Gesetz zu stellen und das zu tun was gesollt ist?" „Oder ist nicht wenigstens", überlegte Vinzenz, „die Freiheit durch die Böses entsteht eine schlechtere, ich meine eine niedrigere, uneigentlichere Form der Freiheit?"

„Und überhaupt", meldete sich Dorina, „solange man sich nicht auch die eigene Natur selbst ausgesucht hat, können die aus ihr folgenden Handlungen wohl kaum zurecht als frei bezeichnet werden."

Schleppfuß setzte seine Tasse ab. „Genau dies würde ich aber behaupten. Denn was das Ich ausmacht und wodurch wir überhaupt erst eines sind, das ich-bin-ich'-Denken, das kann uns unmöglich ein anderer abnehmen: versuchte er's, er dächte nicht uns, sondern sich selbst beim Wort 'ich'. Nur wir selber können uns also zu einem Ich machen, und wenn wir ein Ich sind, dann müssen wir es durch uns selbst sein. Ich bin aber nicht erst einfach da und dann entscheide ich mich zum Guten oder Bösen: Mich als Ich zu setzen, mein Wesen festzulegen und ob ich gut oder böse bin ist ja eines. In dem Moment wo ich mich als Ich setze und unterscheide, unterscheiden kann zwischen gut und böse bin ich es schon, eins von beiden. Diese

Entscheidung des Menschen zum Guten oder Bösen fällt außer alle Zeit wie die Entstehung der Welt; ist aber doch von ihr unterschieden. Und hier hätten wir es denn, das radikale Böse: ein allem empirischen Handeln vorausgehendes Böse, ein Böses in der Natur des Menschen, ein geistiges Böse. Und hier haben wir auch den lebendigen Begriff der Freiheit: dass sie ein Vermögen des Guten und Bösen sei."

Nach seinen Worten entstand eine kurze nachvollziehende Pause. „Aber doch zunächst nur ein Vermögen?" Als Theodor fragende Mienen sah erklärte er: „Ich meine, alles Bisherige erklärt immer noch nicht weshalb manche Iche sich tatsächlich für das Böse entscheiden; bis jetzt sind wir nur so weit, dass es in der Freiheit prinzipiell die Möglichkeit dazu gäbe. Aber warum entscheiden die einen Iche so und die anderen so?" „Und woher", sagte Antonie, „kommt überhaupt schon mal die Möglichkeit dass sich Iche zum Bösen entscheiden können?" Dorina unterstütze: „Genau, und eigentlich ist doch schon der Urheber dass es die Möglichkeit zum Bösen gibt wenigstens mit schuld an allem Bösen das durch die Entscheidung der Iche Wirklichkeit wird?"

Schleppfuß nahm noch einen großen Schluck. Direkt vor ihm auf dem Tisch stand ein leeres Glas, das augenscheinlich niemandem mehr gehörte; es befand sich schon bedenklich nahe an der Kante. „Ich hatte vorhin das Böse als das Entzweiende definiert und gesagt, gäbe es kein Böses so würde überhaupt nichts existieren, was ich nun um auf Ihre Frage einzugehen genauer formulieren muss: Wirklichkeit wird das Böse erst durch Entscheidung der Iche; aber ohne seine Möglichkeit könnte überhaupt nichts existieren, es steckt unaustilgbar im Bau der Welt selbst, in jeder ihrer Einzelheiten. Im Ursprung der Welt, wo alles eins ist und nichts vom anderen unterscheidbar, dort sind auch Böse und Gut noch nicht bestimmt; aber auch überhaupt nichts anderes. Aber sobald etwas vom anderen unterschieden ist, also die ganze Mannigfaltigkeit der einzelnen Existenzen beginnt, ist auch das Böse da, denn das ist es ja genau: Entzweiung, sich abtrennen von anderem. Und es wäre auch nicht besser gewesen in der ursprünglichen Einheit zu bleiben und gar keine Unterscheidung zu machen: denn dann hätte es ja auch nie das Gute gegeben. Das Gute kann nicht sein ohne das Böse, überhaupt nichts kann sein ohne das Böse. Das Böse hat als Ziel, sich vom Guten gänzlich abzutrennen und zu entfernen, überhaupt allen Zusammenhang zu zerschlagen und die Welt zu fragmentieren, alles was ist aufzulösen. Aber sobald es dieses Ziel vollständig erreicht hat und alles gleichermaßen zerstäubt ist und sich nichts mehr vom anderen unterscheidet – im gleichen Augenblick ist die ursprüngliche All-Einheit wieder hergestellt." Schleppfuß sprach immer lebhafter.

„Hat nun das Gute das Böse überlistet und es besiegt? Hat das Böse gesiegt? Ist der neue Zustand der All-Einheit verschieden von dem vorigen? Doch wohl nicht, wär's sonst All-Einheit?! Müßige Fragen, nicht zu entscheiden, nicht zu stellen! Denn hieße sie stellen nicht schon wieder eine neue Entzweiung beginnen, und die Zerstörung der Welt von neuem? Treiben nicht wir, die wir Begriffe bestimmen und Fragen stellen und unterscheiden die Fragmentierung der Welt voran, beteiligen uns mit Eifer am Werk des Bösen? Und wie, wenn wir es nun nicht mehr unbewusst täten, sondern im vollen Bewusstsein darauf hinarbeiteten, auf dass die Welt umso schneller zugrunde ginge und das Böse wie das Gute in der All-Einheit verschwinden?" Er brach ab, leerte seine Tasse in einem Zug, und setzte, auf den letzten Tropfen Punsch in der kahlen Höhlung blickend, mit großer Gelassenheit hinzu: „Ei freilich, ein noch etwas phantastisch veranlagterer Kopf könnte wohl tatsächlich auf solche Gedanken kommen. Vielleicht zeigt das ja den großen Hunger und Durst nach Wirklichkeit, von dem das Böse wie es heißt selbst wenn es nichts weiter ist als Möglichkeit verzehrt wird. Ich meines Teils stelle es mir sehr mühsam vor, an der eigenen Realisierung zu arbeiten wenn man in der drückenden Lage ist nichts weiter zu sein als möglich, und auf die Unterstützung der Iche angewiesen ist."

In diesem Augenblick realisierte das verwaiste Glas die in ihm, insofern es als Materiezusammenballung (wie, unter dem Vorbehalt der Induktion, alle Materie) der Gravitation unterworfen war, angelegte Möglichkeit, zu Boden zu fallen, mit einem großen Klirren.

Schleppfuß ließ sich davon nicht aus der Ruhe bringen. Als die Scherben aufgesammelt waren schaute er gemütlich zur Uhr und meinte: „Nun, es ist spät, und eines der Iche wünscht Ihnen für heute eine gute Nacht." Hiermit erhob er sich, zahlte und ging.

Cyprian, Vinzenz, Marie, Theodor, Antonie, Dorina und Ottmar mit dem Serviettenkarpfen blickten sich schweigend an als er zur Tür hinaus war, sahen die vielen leeren Gläser auf dem Tisch und auf die Uhr an der Wand, und einander in die müden Gesichter.

Keiner von ihnen hatte mehr große Lust weiter zu diskutieren, und einvernehmlich beschlossen sie, dass für diesen Abend der Stammtisch an sein Ende gelangt war. Sie zahlten, nahmen die Mäntel und machten sich gemeinsam auf den Heimweg. Draußen hatte es eben aufgehört zu regnen und auf dem nassen Kopfsteinpflaster spiegelten sich trübe Straßenlaternen, einziges Licht zwischen schwarzen Häuserfronten unter einem sternenlosen Himmel.

II. Scherzo

Cagastrisch war die Verfassung, in der Schleppfuß sich am nächsten Morgen erwachend vorfand oder setzte. „Cagastrisch" war ein aus dem Werk Jakob Böhmes entlehnter Ausdruck, der wörtlich übersetzt so viel wie 'übelbestirnt; unter einem schlechten Stern stehend' bedeutete. In dem von dem Dozenten, unbekümmert um alle wittgensteinianischen Einwände, mit sich selbst gepflegten Privatsprachspiel bezeichnete er den aktual vorliegenden, überaus charakteristischen Zustand der eigenen Person.

Wie Rauchschwaden über einem von Brueghel dem Älteren gemalten Schlachtfeld stiegen vor Schleppfuß' noch benommenem Geist einzelne Erinnerungsfetzen auf: In einer atonalen Seynsfuge hatten unter grausamem Getöse zwei Jeweilige, dux und comes, gemäß dem Brauch im keineswegs verwundenen Unfug einander ihr Anwesen streitig gemacht. In der zweiten Durchführung war eine Gestalt in Kapuzenjacke erschienen, bewaffnet mit einem Katapult, die Schleppfuß aus irgendeinem Grund mit seinem Vorgesetzten am Lehrstuhl identifizierte, sowie im Zwischenspiel ein bösartiges ausgestopftes Eichhörnchen. Er erinnerte sich nun, an dessen – hoffentlich – harmlosem Pendant am Tag zuvor in der Bibliothek seinsvergessen vorbei gegangen zu sein. Über das tobende Pandämonium hinweg hatte zuweilen eine Stimme aus der Sphäre des Lichts und der Idealität gemahnt: *Bidde, sauber denken!!* Vor der jener Stimme zugeordneten Bastion hatten sich daraufhin relativistische, sprachkritische und positivistische Horden vereinigt zusammengezogen, und sie im Trommelfeuer er-

26

stürmt. Schleppfuß erinnerte sich an die erhabenen letzten Worte, mit denen einer der so von den Niederträchtigen überrannten Verteidiger seine Seele ausgehaucht hatte: „Faktisch habt ihr gewonnen, aber es gilt nicht!"

Aus dem Dunst und Graus jenes Traumes erwachend, nun da er endlich wagte die Augen aufzuschlagen, war das erste was sich Schleppfuß' schwummrigem Blick darbot das Titelblatt seiner halbfertigen Habilitationsschrift. Sein Kopf hatte darauf gelegen. Sofort drückte er die Augen wieder zu. Ein Glück dass etwas, von dem keine Idee in irgendeinem Geist ist, nicht existierte! Aber die Anschauung des Titelblatts war hartnäckig und erschien nun vor seinen geschlossenen Augen, und sprach mit schmeichelnd fordernder Stimme: „Neuer Versuch einer Letztbegründung der Moral. Habilitationsschrift, eingereicht zur Erlangung der Venia legendi im Fach Philosophie an der Fakultät für Geistes- und Kulturwissenschaften der Otto-Friedrich-Universität Bamberg. Verf. Dr. Edwin H. Schleppfuß." Die Kopfschmerzen des Genannten intensivierten sich.

Seine Kollegen am Lehrstuhl hatten schon recht g habt, müßig in der Tat war das Beginnen, heutzutage ausgerechnet an diesem Thema sich zu versuchen. In Fachkreisen wurde man dafür belächelt oder gar laut ausgelacht. Wahrlich gab es zuhauf einfachere und dankbarere Themen als diesen verwickelten metaphysischen Knoten, den man nach Belieben auflösen oder abhauen (Kant) konnte. Die neuere Forschung hatte bevorzugt letzteren Weg gewählt und alles andere als Märchen aus dem Schlaraffenland der Metaphysik abqualifiziert. Schleppfuß hielt dies für schmählich und die Position für zu wenig reflektiert, um den Ansprüchen philosophischer Erkenntnis genügen zu können.

Die Disziplin der Metaphysik, in die verliebt zu sein er das Schicksal hatte, war der Versuch wissenschaftlicher Erkenntnis hinaus über dasjenige, was sich mit den Sinnen wahrnehmen lässt, mithilfe der Vernunft. Die Tradition nannte als ihre Gegenstände Gott, Freiheit und Unsterblichkeit der Seele. Weiter gefasst ließen sich ihr auch Fragen nach dem Verhältnis unseres Denkens zur existierenden Welt überhaupt und nach dessen Legitimation in sich selbst zuordnen, also die Fundierung jeglicher Wissenschaft, sowie der Möglichkeit eines freien Willens, und damit auch von Moral überhaupt, also der Ethik. Da ein kleines Land jederzeit viel Grenze hat und man seine eigenen Besitzungen wenigstens kennen sollte bevor man auf Eroberungszüge ausgeht, war der Nutzen dieser Wissenschaft der zwar unbekannteste, aber zugleich auch wichtigste, allerdings auch der am schwersten zu erreichende.

Verlangte die Fähigkeit vernünftiger Wesen, zu hinterfragen und einen Grund ganz gleich wofür zu verlangen nicht geradezu eine Letztbegründung, gerade auch von Moral? Was wäre der Auftrag, das Gute zu tun, ohne diese anderes als ein Provisorium, gänzlich ohne Inhaltsbestimmung, auszufüllen nach Maßgabe des persönlichen Geschmacks, Zeitalters und kulturellen Umfelds, aber ohne allgemeine Verbindlichkeit und daher letztendlich auch ohne überzeugende Kraft zu seiner umfassenden Realisation? In der Absicht, die Fundierung der Moral auf eine Art neu zu durchdenken und zu begründen, die nicht wie die Entwürfe der Tradition den in der neueren Zeit erhobenen vielfältigen Einwänden keine Antwort bieten konnte, son-

28

dern standhielt, hatte Schleppfuß alle guten Ratschläge ignoriert und sich in die Arbeit gestürzt. Dreieinhalb Monate hindurch trug ihn eine Welle beglückt
entfesselten Forschungseifers und Erkenntnisdrangs,
dreieinhalb selige Monate, in denen er ausschließlich
für seine Vernunftarbeit lebte. Kaum noch hätte er,
auf Nachfragen, sich mehr dessen erinnert was er ansonsten getan und getrieben in diesen dreieinhalb Mo-
naten, den vielleicht schönsten seines Lebens, so wenig anderes war mehr in sein Bewusstsein gedrungen.
Tage, Wochen tiefer stiller Erfüllung hatten sich an
den durchgehenden Faden der Arbeit aufgefädelt wie
auf eine Kette; Zusammenhang war gestiftet, Ordnung, Sinn. Schleppfuß war an den Schreibtisch gegangen wie ein Verliebter zu einem Stelldichein, hatte
nachts statt von schönen Gesichtern von schönen Einsichten geträumt. Im Vollgenuss seiner durch lange
Übung geschärften Geisteskraft hatte er Tag und
Nacht, in stundenlangem Wachliegen, Gedanken und
Konzeptionen hin- und her gewendet, und einen Weg
gesucht, nicht um sich einer geheimnisvollen Schönen, sondern einem schönen Geheimnis zu nähern,
dem letzten Grund des Guten selbst. Dann aber war
jener furchtbare Tag gekommen, der ihn von seiner
metaphysischen Insel der Seligen vertrieben, von der
höchsten Zinne seiner spekulativen Türme hinabge-
stürzt, ihm gleichzeitig Kraft und Mut zernichtet hatte.
    Nicht mit Lärm und Effekt war dieser Sturz
aus der Vernunft- und Lichtwelt geschehen, sondern
für einen äußeren Beobachter beinahe unmerklich, als
ein mikroseismisches Erzittern einer im höchsten
Grad der Reflexion gespannten Seele, in seinen Auswirkungen dafür aber umso verheerender.

An einem Sonntag war Schleppfuß spazieren gewesen auf dem Michelsberg, sich erlabend am Anblick der sommerlichen Stadt, über deren Dächern die Hitze flimmerte. Empyräische Himmelsweiten umlagerten ihn, er erfreute, ja betrank sich an ihrer aufschreihaften Intensität und Licht-Abgründigkeit, die ihm die tränenden Augen gewaltsam zudrückte, den Kopf in fluoreszierender Säure wonnevoll auflöste. Da, mittendrin schien es ihm, es entstünde im unermesslichen Himmelsgewölbe ein ganz, ganz feiner schwarzer Riss. Und dieser Riss, der sich auftat, durch alles hindurch, der Riss nahm – den Atem angehalten verfolgte er es nach – der Riss – nahm, nahm seinen Ausgangspunkt von ihm selbst, Edwin H. Schleppfuß, mitten heraus aus seinem Herzen. Wie zuckte er zusammen!

Von Grausen gepackt rannte er ein paar Meter, sammelte sich dann, schalt sich einen Narren, reflektierte, analysierte, zerdachte seinen Tagtraum, seine Vision oder was es denn war. Beinahe peinlich war ihm, dass sie sich in bildlichen Formen ausgesprochen hatte, die doch einer längst vergangenen Epoche angehörten, und daher schon aus ästhetischen Gründen höchst bedenklich war in ihrer regressiven Tendenz. Seine zuversichtliche Unmittelbarkeit jedoch, um nicht zu sagen: deren sein philosophisches Beginnen und vielleicht jegliches Beginnen überhaupt erst ermöglichendes Surrogat – seine Zuversicht mit der er die Arbeit aufgenommen hatte, war dadurch gebrochen. Schleppfuß fühlte sich auf einer sehr tief liegenden Ebene aus der Übereinstimmung mit sich gebracht, nicht mehr in Ruhe und bei sich in allem was er tat, sondern zerrissen von verschiedenen, widersprüchlichen Willenstendenzen, wie abgelöst und entzweit von sich selbst. Nichts wollte dagegen helfen. In seinem Kopf rieben nun, kaum fand er einmal Zeit sich zu besinnen, Mühlsteingedanken aneinander, vor allem über seine Habilitationsschrift, aber nicht deren Thema, sondern ihr Unternehmen als solches betreffend: Warum nur hatte er die guten Ratschläge nicht hören wollen und sich für dieses unsinnig schwere Thema entschieden? Würde er je fertig werden? Gab es eine Letztbegründung überhaupt? Und wenn ja wie viele und wozu brauchte man sie wenn eh jeder machte was er wollte? Wie viel Zeit hatte er nur schon investiert? Schon viel, zu viel, viel zu viel um jetzt aufzugeben und sich ein neues Thema zu suchen. Und so quälte er sich mit äußerster Willensanstrengung mehrmals pro Woche zum Schreibtisch und es kam so jämmerlich wenig dabei heraus.

Schleppfuß setzte sich auf, rieb sich die Schläfen und öffnete die Augen erneut. Langsam stellten sich die Konturen scharf: ein Fenster das einen grauen Tag hineinließ; ein Bücherregal; eine Kaffeemaschine; ein Schreibtisch; ein Stuhl; ein Papierkorb; ein Drucker; ein Nietzsche-Porträt. Boden, Schreibtisch, Regal und alle sonstigen Ablageflächen waren über und über bedeckt mit handschriftlichen und gedruckten Zetteln. Schleppfuß dämmerte, dass er sich in seinem Büro befinden musste. Seinem Büro? Wieso wachte er in seinem Büro auf? Er musste wohl gestern noch lange gearbeitet haben und dabei eingeschlafen sein. Seit wann aber war er hier, was hatte er davor gemacht, wie war er hergekommen? Er kramte in seiner Erinnerung, förderte aber nichts zutage. Was für ein Tag war überhaupt heute? Ach so, Donnerstag, ja das war wahrscheinlich wenn gestern Mittwoch war. Es beunruhigte ihn ein wenig, sich nicht entsinnen zu können, zumal er auch niemanden befragen konnte über die

Ereignisse der letzten Stunden. Vielleicht hatte der irgendjemand recht, der ihm mal gesagt hatte, er steigere sich etwas sehr hinein mit seiner Arbeit.

Ihm entwich der Verstand, ein schwarzes Tuch e stickte das Licht dieser Sonne, Chaos zog ein in diesen Geist, der einst ein lebendiger Tempel war, voll Ordnung und glänzendem Reichtum. Schweigen und Nacht setzten sich in ihm fest, wie in einem Keller dessen Schlüssel verloren gegangen ist. Von da glich er den Tieren in der Gasse, und wenn er ohne etwas zu sehen querfeldein lief, unbekümmert um Sommer und Winter, verschmutzt, nutzlos, hässlich wie ein verbrauchtes Etwas, dann hatten die Kinder ihre Freude und lachten über ihn.

Beneidenswerte Laufbahn, leider stand sie nur hoffärtigen Theologen offen! O über das harmonische Dasein der Kartoffel! Gestern… Gestern? Gestern!War Mittwoch gewesen. Und heute war Donnerstag. Meine Güte dann hatte er ja die Vorlesung zu halten! Wissenschaftslehre. Oder -leere. *Gluck gluck gluck.* Ich bin der Punsch. Gluck gluck gluck. Ich bin der – Kaffee. Wir sind die Freunde des Menschen, wir vertreiben alle Leiden und Sorgen! Und sein Kopf machte: krick-krack. Schleppfuß sank, aufstöhnend, wieder zurück. Krick-krack. Voilà le philosophe.

In der nächsten Welt wird es keinen Kaffee geben. Denn es gibt nichts Schlimmeres, als auf Kaffee zu warten, wenn er noch nicht da ist (Kant). Mit großer Anstrengung schaffte Schleppfuß es aufzustehen, sich – mit Schwindelgefühl – durch den Raum zu bewegen und die Kaffeemaschine anzustellen. Zweieinhalb Tassen später waren Kopfschmerz und Schwindel auf ein erträgliches Maß reduziert, aber eine leichte Verwirrung und Ausgelaugtheit blieben bestehen.

Schleppfuß trat ans Fenster und sah hinunter in den Hof.

Einige Mülltonnen befanden sich dort und acht rostige Fahrräder. Ein paar Pfützen standen auf dem Kopfsteinpflaster und spiegelten lustlos die Hausfassaden ab. Im Hof waren sieben Parkplätze markiert, die eine vor die Toreinfahrt montierte Schranke vor dem Andrang Unberechtigter sicherte; und mit gutem Grund, denn Parkplätze in der Bamberger Innenstadt mangelten allerorten. Schleppfuß hatte schon manche Arbeitspause damit verbracht, am Fenster zu stehen, in den Hof und auf die rot-weiß lackierte Schranke zu blicken und innerlich die Umsicht der Erbauer zu loben. Die Schranke war nämlich nur halb so breit wie die Einfahrt, sodass an der Seite für Fußgänger und Radfahrer genügend Platz blieb um zu passieren. Schranke ist die Grenze, die die Bestimmung des Etwas ausmacht, aber so dass sie zugleich als sein Nichtsein bestimmt ist. Schleppfuß sah einen roten Peugeot in der Toreinfahrt auftauchen und vor der Schranke anhalten.

Er erkannte das Auto als das eines seiner Kollegen. *Das Ansichsein der Bestimmung aber in dieser Beziehung auf die Grenze, nämlich auf sich als Schranke, ist Sollen.* Auf der Fahrerseite öffnete sich das Fenster, und eine Hand steckte ein Ticket oder eine Karte in den Automaten. Einige Augenblicke vergingen, der Automat gab das ihm Angebotene zurück, machte aber keine Miene, die Durchfahrt freizugeben. *Die Grenze, die am Dasein überhaupt ist, ist nicht Schranke.* Einige Sekunden vergingen, das Auto blieb regungslos. *Dass sie Schranke sei, muss das Dasein zugleich über sie hinausgehen.* Knirschend drehten die Räder des stehenden Autos nach rechts, einem durch den Fahrer bewirkten Vollausschlag des Lenkrads folgend, und kurzerhand fuhr der Kollege zentimetergenau um die Schranke herum. *Es muss sich auf sie als auf ein Nichtseiendes beziehen.* Vielleicht, dachte Schleppfuß mit einem kleinen Lächeln, braucht das freie Subjekt tatsächlich die Andeterminierung durch eine widerborstige empirische Welt, um seinen Willen daran zu üben.

Er wandte sich vom Fenster ab, schenkte sich einen Kaffee ein und setzte sich seufzend an den Schreibtisch, um die täglichen Arbeiten zu beginnen. Als erstes nachdem der Computer hochgefahren war las Schleppfuß die Neueingänge seines Email-Postfachs, darunter auch diesen: „Betr. KdU. Vielen Dank, ich werde Donnerstag um 11 in Ihr Büro kommen." Ja wer denn?? Ach so, der Herr Alarius. Richtig, der hatte sich ihm ja letzte Woche höflich in Erinnerung gerufen, so nämlich:

> Sehr geehrter Herr Schleppfuß, es würde mich sehr freuen, wenn Sie, eventuell, also nur wenn es Ihnen keine Mühe macht und Sie Zeit haben, weil es eilt ja nicht und wenn Sie nicht dazu kommen ist auch okay, also wenn Sie vielleicht demnächst mal mir die Note für meinen Essay über die Kritik der Urteilskraft sagen könnten, den ich vor drei Semestern Ihnen geschickt habe. MfG etc. etc.

Schleppfuß hatte am Tag darauf höflich und verständnisvoll zurückgeschrieben und den Studenten zur Besprechung seines Essay eingeladen. Nur leider war Schleppfuß, wie ihm nun mit einem Mal sehr unangenehm bewusst wurde, in der Zwischenzeit nicht dazu gekommen den elfseitigen Text auch nur durchzulesen, geschweige denn zu korrigieren.

Der Stapel unkorrigierter Essays auf seinem Schreibtisch war in der letzten Zeit nämlich in eine bedrückende Höhe gewachsen. Die von den Studierenden eingereichten Essays zu korrigieren war eine oft mühsame Arbeit, die bedeutete, mit Unmengen kurzer Texte konfrontiert zu sein zu den verschiedensten Themen, in die sich selbst ausführlicher einzulesen allzu oft ein bloßer Wunsch war. Die Argumentationen enthielten häufig deutliche Lücken und Sprünge, und die in den seltensten Fällen neuen Hauptgedanken waren oft verdeckt unter einer Schicht formaler und sprachlicher Schwächen. Sehr einfallsreich waren die Studierenden immerhin beim Erfinden möglichst abstruser Beispiele um ihre Gedanken zu illustrieren. Und so bildeten ihre Arbeiten nicht nur eine Kuriositätensammlung der für jegliches Philosophieren obligatorischen Tische und Bäume, einen gewissen sich mit dem einzigen Wort „Platte!" verständigenden Stamm von Bauarbeitern oder kürbisköpfigen Cartesianern. In den möglichen und unmöglichen Welten tummelten sich auch hegelianische Enten und Staubsauger, Blaufußtölpel, spinozistische Wolpertinger, vielbeschäftigte Beuteltiere, Faultiere, Piranhas, Nussschnecken, in jedem Fall lilafarbene Einhörner sowie Anti-Entitäten und fünfeckige Kreise. Diese wurden aber auch bevölkert von zwielichtigeren Gestalten, nicht nur den im Grunde ungefährlichen gemeinen Bewusstseinen, sondern auch zahlreichen harmlosen Folterknechten, fingierten Heiligen des Bösen, und Psychopathen, die daran, kleinen Kindern die Augen auszustechen, mehr Vergnügen empfanden als jenen durch die Blendung Leid geschah.

Ein weiteres Beispiel vermerkte, dass ein bergwanderndes Subjekt A, welches unterhalb von sich ein

Subjekt B bemerkt das es nicht leiden kann und daraufhin den Plan fasst, B unter einer Geröllllawine zu verschütten und zu diesem Zweck einige große Steine in Bs Richtung wirft, dessen Freiheit missachtet und eine Handlung von sittlichem Unwert begeht, die B ihm falls noch möglich verzeihen könnte; wohingegen, wäre die Lawine allein durch Zufall bzw. naturgesetzliche Notwendigkeit abgegangen, zwar B am Ende genauso verschüttet wäre, aber nichts zu verzeihen hätte.

Eben schlug es vom Turm der Martinskirche halb elf! Schleppfuß mochte den Herrn Alarius nicht enttäuscht wegschicken. Was nur tun? Er sah den Essay mitten auf dem Schreibtisch liegen, zum Glück im Ganzen und nicht in losen Blättern, nahm ihn in die Hand, überblätterte das Inhaltsverzeichnis und überflog die Einleitung. Hm, schon mal origineller Einstieg. Interessante These, und die vorangestellte Zusammenfassung der Argumentation war überaus eingängig. Im mittleren Zeitungslesetempo brachte Schleppfuß die übrigen Seiten hinter sich. Nur für die letzten beiden nahm er sich ein wenig mehr Muße, und verglich sogar die Zusammenfassung des Fazits mit der vorangestellten. Sie stimmten weitgehend überein. Überhaupt der Text insgesamt sehr schön und flüssig geschrieben, auch mit einer Portion Fußnoten. Was für Noten hatte der Herr Alarius eigentlich sonst schon bei ihm gehabt? Ziemlich gut, soweit er sich erinnern konnte. Es klopfte, der Student stand draußen. Schleppfuß begrüßte ihn sehr liebenswürdig, fragte: „Hätten Sie was dagegen, wenn ich Ihnen eine 1,7 gebe?" Nein, hatte Herr Alarius nicht, zog zufrieden von dannen und ließ einen aufatmenden Schleppfuß zurück, der sich die nächste Tasse Kaffee einschenkte. –

Die nächsten eineinhalb Stunden brütete Schleppfuß über seiner Habilitation. Er versuchte Ordnung in einen vierseitigen Textabschnitt zu bringen, musste aber erkennen dass dies nicht zu erreichen war ohne einen früheren, den er schon für endgültig fertig gehalten hatte, noch einmal beinahe komplett neu zu schreiben. Vielleicht wäre es auch geschickter, die Reihenfolge insgesamt noch einmal zu überdenken. Aber das war jetzt nicht mehr zu schaffen, um 14 Uhr hatte er die Vorlesung zu halten. Er nahm einen Schluck. *Ei, wie schmeckt der Coffee süße, lieblicher als tausend Küsse, milder als Muskatenwein.* Ein Glück wenigstens, die Vorlesung gründlich und zeitig genug vorbereitet und das Skript auf dem Schreibtisch liegen zu haben. Und noch ein größeres Glück, dass Frau Flausch, die Sekretärin seines Lehrstuhls, sich bereit gefunden hatte die Handouts zu kopieren wo doch der Hiwi schon den zweiten Vormittag beschäftigt war, das „System des transcendentalen Idealismus" zu scannen. *Coffee, Coffee muss ich haben, und wenn jemand mich will laben, ach, so schenkt mir Coffee ein!* So gestärkt machte sich Schleppfuß pünktlich um 14 Uhr auf den Weg in den Hörsaal.

Obwohl er sich in jeder Hinsicht bereit fühlte die Vorlesung zu halten hatte Schleppfuß ein unbehagliches Gefühl, als er die Tür öffnete. Der Saal, über dessen hinterer Hälfte verteilt – mit wenigen Ausnahmen – sich die Studierenden malerisch gelagert hatten, kam ihm zwar ein wenig leerer vor als sonst, aber das war es nicht was ihn beunruhigte. Er konnte einfach nicht sagen woher dieses Gefühl kam und entschloss sich der Einfachheit halber, es zu ignorieren.

Schleppfuß begann mit der Wiederholung der letzten Vorlesung und der Hinführung zur heutigen. Das

Sprechen machte ihm dabei weniger Mühe als sonst, ein gelegentliches Aufblicken und Mitschreiben zeigte wohltuend das ihm entgegengebrachte Interesse. Er war die meiste Zeit sehr konzentriert und wurde nur einmal zwischendrin durch die Erinnerung daran abgelenkt, wie Dorina B., die er fast jede Woche in dieser Vorlesung sah, nicht ganz ernsthaft gelästert hatte: Der Fichte hat den Kant bloß einfach nicht verstanden.

Schleppfuß unterdrückte ein Lächeln und stellte den Kaffeebecher ab, um an die Tafel den ersten, schlechthin unbedingten Grundsatz zu schreiben, A = A. Ehe wir unseren Weg antreten, eine kurze Reflexion über denselben! Als er sich wieder umdrehte fiel Schleppfuß beiläufig auf, dass der übliche Platz der Dorina B. leer war, und auch der ihrer gewöhnlich benachbart sitzenden Freundin Antonie F.. Der Dozent dachte sich nichts dabei und setzte seine Erklärungen zur Selbstidentität fort. Plötzlich, und zwar genau als er zum ersten Mal das Wort Nicht-Ich aussprach, meldete sich das unbehagliche Gefühl wieder. Äußerlich blieb Schleppfuß ruhig und sprach weiter, aber er begann nun die Menge der Hörenden genauer ins Auge zu fassen um die beiden Studentinnen zu entdecken. Das Ich kann sich nicht als bestimmt setzen, ohne sich ein Nicht-Ich entgegenzusetzen.

Ihm fiel wieder ein, sie gestern Abend noch am Stammtisch gesehen und mit ihnen über das Böse diskutiert zu haben. Aber unter den Hörenden waren sie wenigstens auf den ersten Blick nicht. Schleppfuß begann sich, wie er zum eigenen Ärger feststellen musste, nach dem Grund ihrer Abwesenheit zu fragen, und suchte sich mit dem Gedanken zu beruhigen, für dergleichen gäbe es unzählige und sehr harmlose

Gründe. Das ungute Gefühl blieb. Schleppfuß ging ohne sich weiter bekümmern lassen zu wollen zur Erläuterung des zweiten, seinem Gehalte nach bedingten Grundsatzes über. Von allem, was dem Ich zukommt, muss kraft der blossen Gegensetzung dem Nicht-Ich das Gegentheil zukommen. Dies gedachte er mit einem Beispiel zu veranschaulichen. „Nehmen sie einmal so als konkretes Beispiel ein Ich, auch ein empirisches, wie also etwa hier den Herrn J..." Er blickte sich um nach dem Stammplatz des Vinzenz J., doch auch dieser war leer, und auf Nachfragen wurde ihm die Abwesenheit des zum Exemplum – es wäre schon das vierte Mal in diesem Semester gewesen – Erwählten mitgeteilt. Auch Vinzenz J. war ein sehr regelmäßiger Besucher dieser Vorlesung, und Schleppfuß' Beunruhigung erhielt durch seine Abwesenheit neue Nahrung. Er fand schnell einen anderen Hörer als Beispiel für ein auch empirisches Ich, und setzte seine Erklärungen fort. Aber innerlich war er innerlich nicht mehr ganz bei der Sache.

Vinzenz J. war ebenfalls gestern mit beim Stammtisch gewesen und hatte über das Böse diskutiert. Wer eigentlich noch den er kannte? Theodor W. und Ottmar L., die beide auch diese Vorlesung besuchten, waren wenigstens diese beiden da? Schleppfuß war sich nicht ganz sicher ob er nicht einem von ihnen beim Reingehen begegnet war, aber nun als er hinblickte war keiner der beiden mehr zu sehen. Was hieße das nun, alle die gestern den Stammtisch besucht hatten waren heute weg, verschwunden? Völlig überzogene Schlussfolgerung, rein induktiv gewonnen und auf empirischer Grundlage. Mit nicht geringer Mühe fasste der Dozent sich und brachte die Vorlesung ohne größere Zwischenfälle zu Ende. Er hoffte, seine Ruhe wieder zu erlangen indem er unter den Hinausgehenden einen der Studierenden vom gestrigen Stammtisch ausmachte. Aber so aufmerksam er war und nach Dorina, Antonie, Vinzenz, Theodor und Ottmar Ausschau hielt, mit aller durch die äußeren Sinne erreichbaren Gewissheit hatte keiner von ihnen die Vorlesung besucht.

Bei einem Becher Kaffee setzte ein wieder sehr cagastrischer Schleppfuß sich zu einer kurzen Pause in den Hof, spatzenumzwitschert, und reflektierte. Da fiel ihm ziemlich schnell ein, dass er für gleich mit einem gewissen Cyprian E. verabredet war, um mit ihm die Themenfindung für die Masterarbeit zu besprechen. Eilig machte er sich auf in sein Büro, wieder getröstet, fast beflügelt von der Aussicht, dort Cyprian zu treffen und ihn – nur ganz beiläufig, denn seine Beunruhigung erschien ihm unangemessen und beinahe peinlich – nach dem Verbleib der anderen Stammtischbesucher fragen. Schleppfuß traf schon fünf Minuten zu spät in seinem Büro ein, aber weit und breit war kein Cyprian zu sehen. Seine Beunruhigung nahm wieder unangenehm Fahrt auf, aber er zwang sich zu vernünftigen Überlegungen. Cyprian war sehr zuverlässig und hätte sich, wäre sein Kommen zu dieser Besprechung durch irgendeinen Umstand verhindert worden, gewiss im Voraus per Mail entschuldigt. Ungeduldig fuhr Schleppfuß den Computer hoch – genau dieses Mal dauert es besonders lange – und sah in seinem Postfach nach.

Von Cyprian fand er keine Nachricht. Schleppfuß trank noch einen Becher Kaffee um sich zu beruhigen, aber mit nur wenig Erfolg. Er verließ sein Büro wieder, ging nach unten in die Bibliothek, mehr um sich abzulenken oder vielleicht doch einen der Studieren-

40

den vom Stammtisch, zumindest aber jemanden zu treffen mit dem er sich unterhalten und den er am besten nach ihnen fragen konnte. Seine kurze Lust- oder Pilgerreise führte ihn zu den Gesamtausgaben von Fichte und Hegel in den oberen Gruppenarbeits- raum, wo der Bibliothekar gerade eine Studentin an- fauchte: „Das da ist ein Schokoriegel! Das Mitbringen von Essen in den Lesesaal ist verboten!" und diese ungerührt erwiderte: „Nein das ist keiner, haben Sie noch nie was gehört von Schokoriegelattrappen?".

Als er sich zum Verlassen der Bibliothek wandte sah Schleppfuß das bösartige Eichhörnchen, das in seine Träume eingedrungen war, über der Tür lauern und bedachte es mit einem strafenden Blick und – traf im Flur auf eine Frau Flausch, die ein Gesicht machte, als habe er mit selbigen sie und nicht das Eichhörnchen affiziert.

Er grüßte verlegen und höflich, aber sie ließ ihn gar nicht weiter zu Wort kommen, sondern begann sehr aufgeregt zu erzählen: Sie sei eben über den Maxplatz gelaufen, nichtsahnend, und ja, es habe dort mit einem Mal einen großen Tumult gegeben, Polizei sei da ge- wesen, kein Mensch konnte ihr sagen was los war, aber es müsse etwas ziemlich Schlimmes gewesen sein, vielleicht wieder eine Gräueltat des Sandmanns, ein neuer Leichenfund, sie wisse es nicht, man habe die Passanten alle weggeschickt. Schleppfuß rettete sich, kaum dass er Frau Flausch mit einer Redensart weitergeschickt hatte, zurück in die Bibliothek und lehnte sich schwer atmend an das Regal mit dem drei- zehnbändigen *Historischen Wörterbuch der Philoso- phie*. Der Sandmann! Auch von ihm war gestern beim Stammtisch die Rede gewesen. Wo entlang, durch welche Straßen führte eigentlich der Heimweg seiner

Studierenden? Waren sie allein gegangen, oder in der Gruppe? Nein, nichts überstürzen, rief er sich zur Ordnung, das Konstrukt meiner Befürchtungen ist noch aus sehr vielen Hypothesen gebaut, von denen einige empirisch ohne weiteres falsifizierbar sind. Gelänge es, wie viel wohler wäre mir dann! Aber wer könnte noch etwas von ihnen wissen, wen konnte er nach ihnen fragen? Da fiel ihm eine Kollegin ein, eine der scharfsinnigsten Personen denen er jemals begegnet war. Vielleicht konnte sie ihm ja helfen?

Er wandte seine sich beschleunigenden Schritte zu ihrem Büro, klopfte, trat ein und fand sich Auge in Auge mit einem *toten Hund* wieder – nämlich genauer gesagt dem über dem Schreibtisch der Kollegin hängenden Porträt des Systemphilosophen Baruch de Spinoza. *Einer alten, jedoch keineswegs verklungenen Sage* zufolge soll zwar der Begriff der Freyheit mit dem System überhaupt unverträglich sein und jede auf Einheit und Ganzheit Anspruch machende Philosophie auf Leugnung der Freyheit hinauslaufen (Schelling). Aber Spinoza seinerzeit hatte unser Gefühl von Freyheit durch das Beispiel eines (offensichtlich kollernden) Steins erläutert, welcher dächte und wüsste, dass er sich bestrebt, soviel er kann, seine Bewegung fortzusetzen (Jacobi). Hinter dem Schreibtisch war die Kollegin selbst blass und entkräftet zusammengesunken. Schleppfuß war ehrlich erschrocken: „Meine Güte was ist denn mit Ihnen los??!" „Ich habe heute den ganzen Tag gearbeitet und noch nichts gegessen." „Aber meine Güte das geht doch nicht, Sie können doch nicht einfach nicht essen! Wenigstens einen Kaffee müssen Sie doch trinken!" Nachdem selbiger bereitgestellt war nannte Schleppfuß ohne viel Umschweife die Namen der ihm bekannten Teilnehmer des gestrigen Stammtisches und fragte, ob sie die Studierenden kenne und von ihrem Verbleib wisse? Ersteres ja, letzteres nein, replizierte die Kollegin.

Schleppfuß fühlte seine Laune sich einschwärzen, verließ eilig das Büro der Kollegin, in sicherer Entfernung halblaut vor sich hin grummelnd: „Diese Spinozisten! Leben alle nur von der Substanz!" –

An den Traum den er in dieser Nacht hatte – die er übrigens in seiner Wohnung verbrachte – konnte sich Schleppfuß noch lange deutlich erinnern: Er ging über die Untere Brücke, es war ein lauer angenehmer Abend, Sterne blinkten über ihm, und ihr Glanz spiegelte sich ab in den kleinen Stromschnellen und Wirbeln der unter ihm dahinfließenden Regnitz. Unzählige verspielte Lichtchen tanzten und glitzerten durcheinander. Aber es waren gar nicht Spiegelungen des Sternenhimmels, sondern kleine Kerzen, die dort auf den Wellen schaukelten. Das Wasser selbst floss schwarz dahin, und beinahe war es, als ballte sich das Dunkel bald an der einen Stelle, bald an der anderen Stelle zusammen, als triebe dort im Wasser etwas Großes, Dunkles, ein ungeheuer ausgebreitetes etwas, das zuweilen näher an die Oberfläche kam und dann wieder untertauchte und in den Tiefen verschwand. Man sah nicht was es war, aber es füllte den ganzen Fluss, das ganze Becken des alten Hafens aus mit seiner wabernden, seetanghaft verschlungenen, vielgliedrigen Masse, und obenauf schwammen die kleinen Kerzen und gaben ihr geisterhaftes Licht.

Nun näherte sich, unendlich langsam, etwas der Oberfläche und tauchte direkt vor ihm auf, wie ein schwarzes Bündel nasser, im Fluss verteilter Lumpen. Es drehte sich, noch langsamer, auf den Rücken, und Schleppfuß sah in ein fahles Gesicht. Dort im Wasser lag ein Toter, still, die Augen geschlossen, und hielt eine Kerze in seinen auf dem Bauch gefalteten kalten Händen. Und er war nicht allein, jede einzelne der Kerzen wurde von den wachsbleichen Händen eines Toten gehalten, unzähliger Toter, die dort im Wasser trieben, umwallt von ihren dunklen Gewändern. Die ganze Regnitz war voll davon, ein nicht endender Strom Toter.

III. Andantino grazioso

Das Gefühl der Beunruhigung, das Schleppfuß beim Betreten des Hörsaals ergriffen und seither nur in Augenblicken großer Ablenkung losgelassen hatte, stellte sich bei ihm am nächsten Tag unmittelbar nach dem Aufwachen wieder ein. Noch mehr als sonst fühlte er sich getrieben von verschiedenen Willenstendenzen, die sich nur teilweise in Begriffen artikulieren wollten und ansonsten im Halbdunkel blieben.

Schleppfuß gestand sich ernüchtert ein, in dieser Verfassung unmöglich sinnvoll an seiner Habilitation arbeiten zu können. Und da er an diesem Vormittag keinen festen Termin hatte und das Wetter sehr schön und klar war beschloss er, einen Spaziergang zu unternehmen um auch seinen Geist zur Ruhe und Klarheit zu bringen. Ohne Tasche, nur mit Mantel und Hausschlüssel, machte Schleppfuß sich auf und fühlte sich schon nachdem er aus der Tür getreten war ein wenig besser.

Er lebte nun schon einige Zeit in Bamberg, und hatte sich doch nicht satt sehen können, so sehr gefiel ihm die chaotische Originalität der Altstadt. Er mochte die Wege entlang der Regnitz und den Hain sehr, wo es nach Wasser roch, Sonnenreflexe und Enten auf den Wellen schaukelten und man ganz vergessen konnte, nicht inmitten freier Natur sondern in einer Stadt zu sein. Aber noch schöner und gänzlich unvergleichlich fand er die alten Häuser der Innenstadt, das gebaute Bamberg. Die ganze Altstadt erschien ihm als ein einziges, ungeheuer ineinander verschachteltes und verwinkeltes großes Gebäude, als ein einziger riesiger Organismus von Steinen, Mörtel und Ziegeln.

Hochgieblige, kleinfenstrige, ausgekragte Fachwerkhäuser wimmelten durcheinander, mit steilen Ziegel-
dächern, welche durch die Witterung allerlei Farbtöne
zwischen kaminrot und fast schwarz angenommen
hatten.

Manche der Häuser schienen stolz zu sein auf ihr
Fachwerkgerüst und hoben seine Balken zusätzlich
noch farblich hervor, während andere sich alle Mühe
gaben, sie unter dem Verputz oder wucherndem Efeu
verschwinden zu lassen. Einige Fassaden protzten und
spielten mit Dientzenhofer'schen Verschnörkelungen
und Gesimsen, während andere sich zu verstecken
schienen, wie beschämt über ihre verblichenen und
abblätternden Farben oder ihre Kargheit. So dicht
drängten sich die Häuschen an den Straßenrändern,
dass man oftmals nicht mehr ausmachen konnte, wo
das eine endete und das andere begann. An anderen
Stellen pflegten sie dafür ihre Individualität im Gegenteil selbstbewusst herauszukehren, indem nämlich
jedes Gebäude eine andere Zahl von Stockwerken,
eine andere Höhe des Dachfirstes und -ansatzes, eine
andere Neigung der Dachschräge, eine andere Farbe
für sich beanspruchte. Einige Straßenzüge hatten sich
nicht einmal mehr auf eine gemeinsame Linie für ihre
Vorderfront einigen können, und so gab es bald Eng-
stellen und bald Vorsprünge, hinter denen man bequem stehen bleiben konnte ohne fürchten zu müssen,
der Eile eines anderen lästig zu fallen. Auch hatten die
meisten Dachfirste jede – soweit jemals vorhandene –
Geradlinigkeit verloren, und gefielen sich in Schlan-
genlinien, kamelartigen Höckern und sonstigen plötz-
lichen Richtungsänderungen, denen die Gassen, sich
krümmend, folgen mussten.

Es war nicht ratsam, wollte man zügig in eine bestimmte Richtung, eine unbekannte Gasse zu betreten die in diese zu führen schien. Sie neigten dazu einen zu verraten, unvermittelt die Richtung zu ändern, in einen begrünten Hinterhof enden, die ihnen Folgenden in die Irre gehen zu lassen inmitten grob verputzter Mauern, sie wieder frei zu geben an einem gänzlich unbekannten Platz oder aber im Kreis zu führen und genau an die gleiche Stelle zurück, von der aus man in sie abgebogen war. Wenn man gerade ein wenig Zeit hatte lohnte es in jedem Fall, den Gassen versuchsweise zu folgen die sich an häufig begangene Wege anschlossen, denn kannte man sich aus, war es möglich als Fußgänger sehr viel schneller an sein Ziel zu kommen. Als Schleichwege durchschnitten sie Häuserblocks, um die Unwissende mühevoll herumlaufen mussten, kleine Treppen und Durchgänge verbanden oft auf direktem Weg die belebtesten und abgeschiedensten Plätze. Mit ein wenig Geschick wäre es möglich gewesen, an der einen Stelle aufzutauchen und kurz darauf an einer anderen, und bald darauf vollkommen unauffindbar und weit entfernt zu sein.

An wenigen zentralen Plätzen, in der Fußgängerzone, die untere Brücke und Sandstraße entlang bis auf den Domplatz hinauf, konzentrierte sich das Leben in großen Ansammlungen von Menschen; aber wusste man wie, so konnte man der Menge ausweichen und sich doch, wenige Schritte seitab und beinahe gänzlich unbemerkt, inmitten der Altstadt aufhalten.

Je kleiner und weniger begangen ein Weg war, desto deutlicher fühlte sich Schleppfuß beobachtet nicht nur von leeren Fenstern, sondern auch den Gesichtern oder gar Fratzen die über den Fenstern angebracht waren, die mit den Augen zu rollen schienen und zwischen den gefletschten Zähnen Türklopfer hielten. Es waren Menschengesichter oder auch Tierköpfe, er bemerkte einen Löwen, ein Einhorn, und zahllose unbestimmbare Mischwesen aus Tier und Mensch, aber alles friedlich beschienen von der herbstlich maßvollen Sonne.

Schleppfuß lief an einer Gartenmauer entlang – er konnte nicht darüber sehen, aber oben sah er halbkahle Äste von Obstbäumen ragen – und hörte hellen Flötenklang. Er blieb stehen und schloss glücklich die Augen. Im Weitergehen fühlte er genau dem Aufsetzen seiner Füße auf das Kopfsteinpflaster nach. Dort vorne spannte sich ein Gebäude quer über die Straße, derart, dass es den Weg versperren würde, hätte man sich nicht nachträglich durch einen Torweg mitten durch das ehemalige Parterre des Hauses Durchgang verschafft. Den ihm so unversehens entzogenen Wohnraum hatte sich der Besitzer offenbar durch Errichtung zahlreicher Dachgaupen und eines Zwerchhauses zurückerobert, aus denen er nun seinen Unmut über jedem ausgießen konnte, der zu vorwitzig den Weg unter ihm hindurch nahm. Hier war ein Haus, das vor die eine Hälfte des Giebels das rote Schuppenkleid seines Daches geklappt hatte und nun anzusehen war wie ein Mensch, der eine Hand vors Gesicht schlägt in heftiger Gemütsbewegung. An der nächsten Ecke waren zwei Häuser ineinander gebaut, oder vielmehr übereinander, und teilten sich ein Dach. Andere konnten von der Straße aus nicht mehr betreten werden, und ihre Bewohner mussten sich der Tür und des Flures in dem vorgelagerten Hause bedienen, um das ihrige dennoch zu erreichen. In einer Gasse, durch die Schleppfuß ging, standen die Häuserwände zu beiden Seiten so eng beisammen, dass man sie – da sie sich zueinander hin beugten wie Kinder, die etwas aushecken – aneinander abstützen musste, was man mithilfe mehrerer, auf Höhe des zweiten Obergeschosses angebrachter Bögen bewirkt hatte.

Er stellte sich vor, wie die Insassen jener Stockwerke, sich der improvisierten Stützen als Brücken bedienend, ihren Nachbarn auf ganz bequemem Wege possierliche Besuche abstatten konnten. Nur hielt diese aus dem sprichwörtlichen Erfindungsreichtum der Not heraus getroffene Baumaßnahme selbst in den Mittagsstunden das meiste Licht von den unteren Stockwerken und der Straße selbst ab.

Schleppfuß verlor sich ganz in diesem Gewirr von Straßen und Sträßchen, Gassen und Gässschen, Vorder- und Hinterhäusern, von Ecken, Erkern, Durchgängen, Hinterhöfen, Gartenmauern, Torwegen und Schleichwegen. Er genoss es, einfach so dahin zu trotten ohne irgendetwas zu denken. Er kam an Plätze, die er nie zuvor gesehen, und glaubte zweimal sich ein wenig verlaufen zu haben was ihn aber zunächst keineswegs störte. Aber jedes Mal trat er dann durch einen Torbogen oder ging um eine Ecke und stand wieder an einer Stelle, wo er sich auskannte. Als er hungrig zu werden begann trat er den Rückweg an und kam in seinem bescheidenen Heim in einer friedvollen und ausgeglichenen Stimmung an. Ungerufen stellten sich bei ihm, während er sich eine einfache Mahlzeit zubereitete und sie anschließend verzehrte, einige Ideen ein wie er seine Gedanken zur Letztbegründung der Moral stringenter ordnen und präziser ausdrücken konnte. Daher hielt er sich nicht weiter auf und eilte gleich anschließend, nun in noch gehobenerer Stimmung, ins Büro, hoffend er werde niemandem begegnen der ihn durch was auch immer ablenken könnte. Alles ging gut, bis er eintretend durch die Tür einen großen, in formvollendeter Kalligraphie mit Tinte beschriebenen Zettel auf seinem Schreibtisch liegen sah, sich wunderte und das Schriftstück in die Hand nahm.

IV. Allegro pesante e tetro

Mit dem grössten Theile des obschon wenig zaalreichen, nur desto mehr verehreten gebildeten Publicums
erklärt sich der Verfasser dieses in jenem Puncte einverstanden, einem jeden Menschen das Ausbilden und
-üben gewisser eigenthümlicher spleenischer Verhal-
tensweisen zu verstatten. Allein es ist doch – oder
wenigstens kan es in einem gewissen Aspecte so
scheinen – ein gar seltsames, Verwundrung, oder bei
sehr feinnervigen, zur Affection durch das Phantasti-
sche geneigten Naturen etwas wie – ein leichtes Frös-
teln des innren Menschen, ein Abwenden oder gar
Schaudern hervorrufendes Unterfahen, den eigenen
Namen überall nicht nennen zu wollen. In der Sage,
im Traume durchbricht das laute Aussprechen des
Namens die Umstrickung durch die Zauberwelt in die
der Unglückliche verfallen war; dem bösen Principe
widert es, angesprochen zu werden, wie es ja auch
seinerseits sich nicht gern aeußert oder gar mit Nahmen (und profession, was in gewissen Fällen wohl das
gleiche ist) vorstellt.
Item, was aber nun könnte, gesetzt, wir hätten zu thun
mit einem allem Anscheine nach keineswegs finstren
Einflüsterungen erlegenen, noch ihnen auch nur – und
sei es im Somnambulismus labyrinthischer Nacht-
stunden – sein Ohr leihenden, einem Manne zu thun,
welcher in all' seinen geistigen Bestrebungen viel
mehr versuchte, wenigstens im umzirkten Felde der
Theorie sich von jeglichem Daemonenwesen ferne zu
halten, ausschließend und gantz dem Lichten und
Guten ergebend hinzuneigen--: was könnte nun der
Grund für einen solchen Menschen seyn, seinen Na-

men zu verschweigen? Könnte da nicht immerhin in einem der schon erwähnten, zum Phantastischen entzündlichen Gemüther die ahnungsbange Frage sich bilden und die Brust beklemmen, ob hinter jenem Betrieb nicht ein tieferer und dunklerer, dem oberflächlichen Blicke verborgner Grund stehen möchte? Ließe sich – o elender Dilettantismus der Psychologie! – in jenem Verschweigen nicht auch eine Absicht, ein Drang vermuten, zugleich mit dem Nahmen eine Seite des eignen Charackters, des eigenen Wesens am Erscheinen zu hindern, eine in der That vorhandene Tendenz zu verleugnen, wenngleich dies alles auch, im Tageslicht gesehen des eignen Bewusstseyns, mit sittlich hochachtungswürdigstem Vorsatze geschehen mag?

Nun, in meinem Wesen liegt – ohne Coquetterie – ohnzweifelhaft das Schweifen und Vagabundieren, und so wirst Du, Edwin Hellewart, mir auch diese etwas weitschweifige Einleitung hingehen lassen; und mich denn auch, ganz in diesem Sinne, vom leidigen Geschäfte des Vorstellens dispensieren. Indem ich mir vorgesetzt, dich mir auf eine viel gründlichere Art bekannt zu machen als es durch das bloße Nennen eines Nahmens geschehen könnte, nämlich in Bälde persönlich, will ich zuvor noch dich unterrichten über einige meiner Hauptbestrebungen und Charackterzüge. Letztere lassen sich in der Lakonik weniger Worte subsumieren: Ich bin ein Kunstjünger des Bösen. So vortheilhaft indessen sich diese Bezeichnung – wie ich mir bisweilen, ich gestehe es, schmeichle – ausnehmen würde, etwa in galanter Conversation als zufällig fallen gelassene Randbemerkung, oder gar geschmackvoll in Scene gesetzt die Vorderseite einer Visitenkarte zierend, ist es mir laider verwehrt sie in

Gesellschaft zu verwenden: denn alsdann gewiss wäre mir eine parfümiert-affectierte moralische Entrüstung, eine kleine, kleinliche Rancune des schon erwähnten, nichtsdestotrotz verehrten gebildeten Publicums, wie auch möglicherweise die Aufmerksamkeit der braven Polizey, welche Möglichkeit mir den Gedancken einflösst, es wäre immerhin beydes zusammen, obschon ungeaignet mir die Ausübung meiner Kunst zu verlaiden noch zu unterbinden noch zu stören, doch vielleicht eine gäntzlich unnöthige und nichts andres denn lästige Beschwehrnüs. Längst also habe ich, allen Hang zur Ostentation im Ossarium der Vergangenheit begrabend, als Entsagender darein mich gefunden und Consolation aus der Einsicht gezogen, dass ja eben das Wirken im Geheimen und Verborgnen schon meiner Kunst selbst eigenthümlich, und nicht etwa nur ein akzidentieller Zusatz zu ihr sey.

Worin aber, so könnte man fragen, besteht denn nun, in einem Satze zusammengefasst, die eigentliche *essentia* dieser meiner Kunst der anzugehören ich mich zeihe, worin west sie? Nun, ihr anzuhängen bedeutet, in allem Wollen und Wirken das Böse um des Bösen willen zu suchen, oder iedenfalls – da diese Foderung, wie jedem Mensch von einiger Denkkraft einsichtig, im endlichen Leben nur sehr schwer zu realisiren – doch nach Kräfften sich diesem, als einem in ferner undurchdringlicher Finsternis liegenden Ideale anzunähern.

Wie, ich meine dies ernst?! Indem ich's hiermit noch einmal stolz und sicher bejahe, sehe und höre ich beynahe, wie die Damen und Herren der von sich selbst so genannten guten Gesellschaft – bezüglich deren Gutsein und sich im Beilegen dieses Epitheton bekundenden guten Geschmacks ich wohl jedem sein eigenes Urtheil zu fällen überlassen kann – wie also jenen für Schrecken, sagen wir, das Weinglas aus der Hand fällt oder sie, uncapable eines schicklicheren Ausdrucks ihrer Indignation, in einem Hustenanfalle unter den Tisch sinken und sich anderntags mit einer Unpässlichkeit entschuldigen müssen.

Welche possirlichen Ein-, und Auf- und Umwendungen könnten sie vorbringen wider die Ausübung meiner Kunst! Sagen könnten sie mir, dies oder jenes zu thun sei böse und daher möchte ich's doch – *s'il vous plait* – unterlassen, allein weiss doch ich selbst dies auf Genaueste, und mit bewustem Vorsaatze es zu thun ist doch gerade Wesentlichkeit meiner Kunst! O jammernswerte intellevtuelle Auszeerung und geistiges Eunuchenthum! O sich einzig selbst nicht beschränkende unbeschränkte Beschränktheit!

Ohn' Übertreiben – indem ich oft, und lange, mit heißestem Bemühn studirt und bedacht, was das Böse sey – kan ich behaupten, es besser zu kennen als iene Exempla der mir zimperlich-zipperleinige Diatriben und Sonntagspredigten haltenden Borniertheit. Ließe man sich – wie es mir in jovialen Anwandlungen durchaus geschehen könnte – auf einen Discurs mit ihnen ein und herab, so geriethen sie selbst innerhalb des gepflegten Vorgärtchens und winzigen Gevierts ihrer – man könnte es, indem die Sprache eines eigenen Ausdrucks hierfür ermangelt, so nennen – *Reflexion* (admirable verbogenen Wieder-Biegung) bei aller Versessenheit ihres Verstandes in einige Verlegenheit und Verbogenheit. Denn einen Grund für diese seltsame Idiosynkrasie dem Bösen gegenüber wüssten sie nicht anzugeben, wobei freylich, Mißverständnüssen vorzubeugen und zu -biegen, ein Grund diesen Nahmen nur verdiente als ein Tiefstes, hinter oder

54

unter das nicht zurückgegangen werden kann. Jedoch einen wirklichen Grund, auf dem nicht bloß ein schwindsüchtig erschlaffendes Denken und kachektisches Raesonieren sich ausruhet oder, weit schlimmer noch, die admirable Gedanken-Verbogenheit in sich selbst an sich selbst transzendental zu „Grunde" geht, sondern einen, auf den die Reflexion in ihrer höchsten Energie, Konzentration und Potenz käme – ihn finden sie nicht, und nehmen daher am Ende ihre Zuflucht zu persönlichen Sympathien, der althergebrachten Tradition, oder gestünden sich ein, so sie ehrlich sind, hauptsächlich durch befürchtete, ihrer persönlichen Bequemlichkeit nachtheilige Folgen von der Kunst des Bösen ferne gehalten zu werden.

Man könnte mir vorwerfen, ich suchte etwa durch Rauben Plündern Stehlen Quälen Erniedrigen Torquieren Massacriren einen persönlichen materiellen Vortheil zu erlangen oder, ganz privatim, ein Divertissement daran zu haben. Wer mit den Mysterien des Bösen nur einigermaßen bekannt ist, der weiß, daß die höchste Corruption gerade auch die geistigste ist, daß in ihr zuletzt alles Natürliche, und demnach sogar die Sinnlichkeit, ja die Wolllust selbst verschwindet, und das diese in Grausamkeit übergeht, und daß der dämonisch-teuflische Böse dem Genuß weit entfremdeter ist als der Gute. –

Einst, so muss ich gestehen, war ich selbst noch angefochten durch diese Zweifel an der Reinheit meiner Gesinnung in meinem künstlerischen Bemühen, und ihnen regelmäßig mich auszusetzen ist nicht unwesentlich zur vervollkommnenden Ausübung meiner Kunst erfordert. Allein, ich habe meine Gesinnung erforscht, und wiederumb erforscht ohn alle Schonung, und sie, dies in aller Aufrichtigkeit, überall für vollkommen rein befunden, rein von allen Vortheils- und Nützlichkeitsbestrebungen, rein auf das Böse als Böses gerichtet. Selbst Eitelkeit, wiewohl sie mir wie ich weiß nicht fremd ist, kann ich – auf Ehre! – ausschließen, stünden doch gerade mir so viel andere Möglichkeiten auf hervor mich zu thun. Mich in eine Reihe gestellt zu sehen mit jenen traurigen Gestalten, die sich zum Bösen nicht frey entschließen sondern es nur thun aus Trägheit, Convention, einer Neigung oder gar einem Triebe folgend, es vermitteln zur Erlangung eines schnöden Dritten, dies wäre ein mich in nicht geringem Maße kränkendes Mißverständnüs; ein Mißverständnüs freylich, welches, auf den es Äußerndem zurückreflektiert, dessen gäntzliche Idiotie im begrifflichen Fassen des Guten und Bösen anzeigte. Jene jämmerlichen Dilettanten sind keine Kunstjünger, und den Unterschied zwischen ihnen und mir nicht sogleich erkennen, ist nichts andres denn – Banausenthum, Philisterey. Ich, der ich mich, in meiner Freyheit als Subject, nun einmal dafür entschieden habe das Böse zu thun und dieser Kunst nun mit aller Ernst- und Gewissenhaftigkeit mich hingebe: Mit welchem Rechte hat mir irgendein andrer Mensch, gesetzt selbst er wäre kein Banause und reflektiert genug mich zu verstehen, mit welchem Rechte also hätte mir irgendjemand den Gebrauch meiner Freyheit vorzuschreiben? Mit keinem, mit ebensoviel Recht könnte ich den anderen Vorhaltungen machen weshalb sie sich nicht meiner Kunst befleißigen, spare mir aber diese zumeist unerquickliche Mühe und bin zufrieden, solange man mich auch zufrieden lässt und es nicht unternimmt meine blutigen Kreise zu stören. Blutig sage ich, in der That und im ganz wörtlichen Sinn, denn sich rein in abstracto Jünger einer Kunst zu

nennen ohne ihr tatsächlich zu frönen und sie prak-
tisch auszuüben bleibt doch immer ein hohles gleißne-
risches Berühmen. In meinem Studium der Kunst des
Bösen habe ich's schon zu einigen, wie wenigstens
ich meine, recht ansehnlichen opera gebracht, welche
Galerie hier sogleich aufzuzählen ich mir hier nicht
versagen kann, nicht nur aus Eitelkeit, sondern auch
da ich als der Urheber hier der Nachwelt einiges zu
ihrer Einordnung in meinen Werdegang und ihre Aus-
legung betreffend mitzuteilen gedencke.
Einige meiner Jugendwercke und allgemeinen Vor-
studien übergehend, lasse ich für meine erste eigene
und selbstständige Schöpfung jenen Mord gelten,
welchen ich am 8. September diesen Jahres, abends,
in Kleinvenedig verübte. In jenem Augenblicke da der
Buchhalter Joachim N., eben nach Hause kommend
und im Glauben, ungestört des lauen Abends genießen
zu können, zum Fenster trat, warf ich selbigen aus
selbigem in die Regnitz samt eines eilends um den
Hals geschlungenen Steines. So sehr dieses Vorgehen
auf den ersten Blick in seiner minimalistischen
Schnörkellosigkeit und handwerklichen Gediegenheit
bestechen mag, verrät es dem arrivierten Connoisseur
doch sogleich die Handschrift des Debütanten. Eine
gewisse Conventionalität bezüglich des Plans und der
Ausführung ist unübersehbar; auch war der bezweckte
Ausdruck einer rein boshaften Gesinnung noch nicht
allzu klar herausgearbeitet und erkennbar, zumal mir
auch – dies als biographische Notiz und Marginalie –
das unbeobachtete Eindringen in N.s Behausung, mit
dem großen Stein als Requisit, eine nicht geringe Mühe bereitet hatte. Auch empfand ich, rein formal betrachtet, die Handhabung meiner Hauptperson als sehr
umständlich, da die Fenster in selbiger Gegend so

unzweckmäßig klein sind, und ihre nur kurze Leidenszeit – welche sich auf einen Augenblick des Schreckens sowie drey, vielleicht vier Minuten des Ertrinkens belaufen haben wird – als höchst revisionsheischende Modalität.

Mein nächstes Projectum, nur wenig mehr denn eine Woche später, beendete nicht weit vom Grünhundsbrunnen auf höchst unerwartete Weise den mitternächtlichen einsamen Heimweg einer gewissen Cordula B.. Zwar, mir selbst hatte in der Vorbereitung die Imagination einer blutüberströmten Leiche einigen Ekel erweckt, und in der Anwendung primitiver physischer Gewalt war ich längst nicht also habilitirt, als itzund, doch ahnete ich das diesem Versuche inhaerierende Potenzial. An ihn schloss sich eine frühe Schaffensphase an voll in manchem noch jugendlich unreifer, dem Kenner aber schon spätere Meisterschaft annoncierender, bald schon weniger tastender als vielmehr systematischer Experimenta. Gleich am nächsten Tage skizzirte ich einen siebentheiligen Variationszyklus, über das Motiv des Ablebens jener Codula B., über dessen Ausführung der nächste Monath hinging. Für jede Variation wählte ich sorgfältig einen neuen Ort, nämlich der zeitlichen Abfolge nach die Ringleinsgasse, die Aufseßstraße, die Lugbank, das Sandbad, die Dominikanerstraße, die Schrottenberggasse und für das Finale Am Leinritt, stets achtend auch auf eine geschmack- und abwechslungsreiche Zusammenstellung des in den einzelnen Arbeiten applizirten mörderischen Instrumentariums. Die Kritiker der Zeitung erkannten den Variationszyklus als solchen und sagten sehr viel Schmeichelhaftes darüber, ich aber fühlte in mir Ansätze zu neuen, unerhörten Wercken aufsteigen, und, mich zunächst zurückziehend zu einigen theoretischen Studien, gedachte ich sie mit desto reiferer Hand auszuführen.

Schon während meiner fortgesetzten Versuche waren mir Einsichten aufgegangen, welche mich dem innersten Bezirke und Adyton meiner Kunst entscheidend näher gebracht: Je plötzlicher und spectaculärer die Ausführung eines Products, desto mehr Effect, als Schrecken und Entsetzen, erregte es im allgemeinen; dies als ein handwerkliches Grund-Gesetz meiner Kunst präsupponierend, nahm ich mir darum vor, meine nächsten opera nicht versteckt in einsamen mitternächtlichen Gassen, sondern wo möglich an den belebtesten Plätzen, im hellen Schein der Mittagssonne zu situieren, an Orten, wo sich bis dahin alle Welt sicher glaubte. Die Destruktion und Entlarvung dieses Sicherheitsgefühls als eitlen Schein musste, je größer der Schein gewesen und je greller darum der Contrast, eine desto tiefere und erschütterndere Wirkung haben, vergleichbar – wenn ich so sagen darf – dem unvermittelten *fortissimo*-Einbruch eines verminderten Septnonakkords in die zartschmelzende Oboenkantilene eines Adagio. Ein, wie selbst der nur oberflächlich Bewanderte zugeben wird, wahres Kabinett- und Glanzstück, ein *opus eximium*, stellt in diesem Zusammenhange die von mir bewerkstelligte lebendige Verbrennung des Finanzbeamten Helmut K. am 10. Oktober auf dem Dache der Residenz dar, ein unmittelbarer Niederschlag jener Einsicht in meinem Schaffen. (Mit ein wenig mehr Geduld wäre sie indessen gewiss auch an einem noch exponirteren Orte durchzuführen gewesen, mit entsprechend vortheilhafterer und weitläuftigerer Würkung.)

Ein feineres Sensorium entwickelte ich auch in der Auswahl meiner Opfer anhand ihrer Beschaffenheit:

Je unvorbereiteter und nichts ahnender ein Mensch war, je mehr im vollsten Genuss seines Daseins, gar noch liebenswürdiger Jugendlichkeit stehend, je glänzender seine Aussichten und Begabungen, je höher der Versicherungsschaden, je untadeliger sein Lebenswandel, je mehr von den Seinen geliebt und verehrt, kurz: je höher der Werth des von mir in meine künstlerischen Productionen einbezogenen Subjects – desto mehr Entsetzen und Fassungslosigkeit löste sein Exitus aus, für desto unverständlicher und niederträchtiger hielt man die Gesinnung des Verursachers. Mir meines Theils kam dies sehr zupass, und dieser mir höchst günstige acqurirte Eindruck war, wie ich entdeckte, im wörtlichen Sinne posthum noch steigerbar durch eine ausgesucht greuliche Zurichtung des Cadavers, gewissermaßen die als Coda und Appendix erscheinende Vernichtung auch noch der entferntesten Menschenähnlichkeit, jeglichen Werts und jeglicher Würde, worinne sich die äußerste Konzentration von Zynismus und Bosheit exprimiren ließ. Allein, Geschmack konnte ich der Ausführung jener primitiven Verrichtungen niemals abgewinnen, und so sann ich mir andere Mittel aus.

Die von Seiten der öffentlichen Meinung an mich heran getragene Unterstellung, mein Morden habe seine Ursache in einer dunklen Perversion, einer Getriebenheit und nicht in freyer Entscheidung, ließ sich ausschließen, indem ich andere die groben Arbeiten ausführen machte. Die Opfer nicht gleich zu töten, sondern erst zu entführen und mithilfe psychischer Martern meinen Absichten anzubequemen, erschloss mir ein unübersehbares Feld immer subtilerer und kunstreicher, immer zielgerichteter und perfider treffender Qualen und Erniedrigungen, überdies mit dem überaus erfreulichen Nebeneffect, dabei die Freyheit und Selbstbestimmung vernünftiger Wesen vor deren physischen Ableben schon zerstören, sie bei lebendigem Leibe schon Ding sein lassen zu können. So kann ich mich denn nun wahrhaft und einzig der rein geistigen Thätigkeit widmen, mir dies alles auszusinnen, und mich so meinem Ideale eines immer vergeistigteren, reinen Bösen um des Bösen selbst willen annähern.

So illustre sich die im Anwachsen begriffene Reihe meiner Wercke ausnimmt, bei meinen zaalreichen Versuchen in der Kunst des Bösen muss ich aber doch ein Gefühl desUngenügens, eine empfindliche Irritation meines Ehrgeizes concedieren, deren mich zuerwehren mir verwehrt ist und welche von dem mir – mit größtem Bedauern – klar und deutlich einsichtig gewordenen Umstande herrühret, dass die Welt dem feurigen Streben und rauschenden Fittichschlage selbst des größten Genius in jeder Kunst, und daher auch der des Bösen, eine Schranke zuweist. Nie, nie, nie wird es das großartigste aller Gemälde, eine unüberbietbar genialische Dichtung, eine alle Musik in Ewigkeit überstrahlende und escamotierende Symphonie, niemals das Nonplusultra des Bösen geben!

Dies ist der letzte schmähliche Trumpf der Mediocrizität, das Kathartikon des gemeinen Verstandes, Wiegenlied und sanftes Ruhekissen aller Borniertion und Philister, der Stein des Anstoßes, das Ärgernis, die Nemesis, der zähneknirschende Fluch aller Hochgesinnten!

Denn die Zeiten und Ansichten sind verschieden, Recht und Moral schleppen sich fort wie eine ewige Krankheit und rücken sachte fürbaß, also auch die

Einschätzung dessen, was – welche äußere Handlung – als das Böseste des Bösen zu gelten hat.

Den Siegeskranz der erkennbar höchsten Niedertracht ihres Exequirenden, der phagedaenisch verheerendsten Consequenzen der That, der rohesten ungeschlachten Besthialität, chtonisch-abyssisch-infernalischsten Infamie und Subtilität wird bald diesem, bald jenem zuerkannt werden. Beinah noch furchtbarer und demütigender ist, dasz ich doch, so sehr ich meine Gesinnung durchforsche, nie gantz sicher sein kann wirklich allein böse umb des Bösen willen zu handeln, nicht dafür gefeiht bin, es möge eines Tages ein insolenter Dilettant-Kritikaster herannahen und mir in pseudowissenschaftlichen Psychologismen höchst ernsthaft auseinandersetzen, ich hätte doch, abweichend von meinem Ziele, irgendein privates Interesse bei meinen Handlungen verfolgt, item also verfehlet meiner Kunst Ziel! Ich gestehe, einmal so kindisch gewesen zu seyn und aus diesem Grunde gar einen Menschen, gegen den ich persönlich eine Antipathie hegte, laufen gelassen zu haben bei einer Gelegenheit selbigen in mein Gesamtwerk aufzunehmen, denn dann hätte ich meine That ja wenigstens zum Theile aus Neigung begangen, oder doch nicht ausschließen können dass es so gewesen wäre. Allein gegen gewisse Psychologismen könnte ich zuletzt, außer schwerlich geglaubten Beteurungen, nichts vorbringen zu meiner Vertheidigung. Mir selbst ohnzweifelhaft seyn kann mithin nur der Wille, dahin zu kommen, das Böse einzig um des Bösen willen zu wollen und zu thun, id est das irdische Schattenbild der ideal bösen Gesinnung.

Die schmähliche Limitation also erkennend, in die meine hehren Bestrebungen gepfercht sind, tat sich mir doch ein Mittel auf: Im Bezirk des Geistes allein ist mir nicht Maß und Grenze gesetzt, meine Boßheit zum höchsten, intensiv und extensiv unübertrefflichen Grade zu elevieren. In dem meinem großen, größten Vorbild in der Kunst des Bösen in den Mund gelegten Dichterworten: „Es ist der Geist sein eigner Raum, er kann in sich selbst einen Himmel aus der Hölle und aus dem Himmel eine Hölle schaffen. Was gilt das Wo, bin ich nur immer ich" liegt für mich namentlich im Nachsatz, dieser idealistisch-fichtianischen Anwandlung Satanas', eine tiefe Einsicht, andeutend eine heimliche Komplicenschaft jener Philosophie mit dem Bösen, ingleichen auch im mythischen Sturz des hochgeachtetsten aller Engel in die unterste Hölle: wie nahe nämlich das Gute und Böse beinander wohnen, und dass zur Vollendung des Bösen nur gelangen kann, wer auch das Gute vollkommen durchdrungen hat. Mögen immerhin die Meinungen der Menschen bezüglich des Bösen sich wandeln; gäbe es ein Bestimmtes, feststehend ein für allemal *a priori* Böses und Bösestes, so wollte ich sie immerhin reden lassen und ruhig seyn, wenn ich dieses Böseste nur erkannt und gethan hätte.

Es wäre mir darum ein Vergnügen und dem Fortkommen in meiner Kunst überaus dienlich, von Dir, Edwin Hellewart, bei Gelegenheit etwas über das Gute zu erlernen; dass ich es in sein genaues Gegentheil verkehrte wirst du bereits ahnen, was aber wiederumb genau in meines Sinnes ist, muss Dir doch dadurch das vielleicht Liebste was du hast verlaidet und zum Ekel werden, die Wissenschaft nämlich. Ich verstünde nun wenn Dir an dieser Stelle der Gedancke kommen sollte: Nein, nimmer trete ich in Discurs mit diesem boßhaften Menschen! Allein, die Bekanntschaft mit einigen guten Gründen wird Dich nicht nur überreden meine Einladung anzunehmen, Du selbst wirst mir zu begegnen suchen. Zunächst einmal darf ich mich ohne Übertreibung, auf theoretischem und praktischem Gebiethe einen Experten des Bösen nennen; welchem zu begegnen und so freymüthige Auskünfte über seine Kunst ertheilen zu hören auch für Philosophen wohl eine seltene Gelegenheit sein dürfte, aus der für die Forschung großer Gewinn zu ziehen ist. Alsdenn kann ich für meine Argumentation auf folgenden, in seiner Rohheit und bei der Subalternität der von ihm Betroffenen eher als Corollarium des Bisherigen aufzufassenden Sachverhalt mich berufen: Mein neuestes, gerade im Entstehen begriffenes Geistesprodukt soll in jeglicher Hinsicht Summe ziehen aus allem in meiner bisherigen künstlerischen Laufbahn Erlernten, und diese als Ganzes genommen, in einem einzigen Werck, insgesamt übertreffen und ihr nicht nur ein weiteres dunkel schimmerndes Lorbeerblatt, sondern ihrem lichtlosen Universum nun endlich nicht eine Sonne – sondern – ein schwarzes Loch – eine würdige Manifestation einer grundlosen, bodenlosen Boßheit – ein Herz der Finsternis – ein Herz des Herzens der Finsternis – hinzufügen.

Zur Mitwürkung hieran ist eine konzinne und ansprechende Auswahl Philosophiestudierender ausersehen, die der Verklärung ihrer unbedeutenden Existenz in solch hohem Beginnen anempfohlen sich haben durch ihr in stickigen Seminarräumen und Vorlesungssälen, in dunklen Bibliotheken inmitten gewisser Gesamtausgaben und, die Klimax zu vollenden, in der – Mensa herangezüchtetes herausragendes Sensorium für noch die geringsten Subtilitaeten und abschattierten Nuancen auf der den Zwischenraum von Himmel und Erde umspannenden Stufenleiter der höchsten Qual und des tiefsten Schmerzes. Zudem, wie ohnzweifelhaft eine Gesinnung bewusster und reflektierter Boßhaftigkeit einer dumpfen, halb thierisch-bösartigen vorzuziehen ist, so gebührt in der Kunst des Bösen im Stadium der Meisterschaft auch Praeferenz solchen Opfern, die auch noch – wenigstens rudimentär – in der Lage sind zu begreifen, dass alles ihnen Angethane ohn' alles Nebeninteresse, rein als Böses um des Bösen willen an ihnen verübt wird. In der Vorbereitung meines großen Planes habe ich die Erwählten an einen geheimen Ort gebracht, wo sie vollständig in meiner Gewalt sind und ich alles ausführen, arrangieren und praeparieren kan, wie es meinen Absichten entspricht.

Nicht klein ist mein innerliches Vergnügen, Edwin Hellewart, an der Imagination Deiner Gedancken in dem Moment da Du dieses alles eben gelesen hast und im Geist erfassest. Gewiss wirst Du dich fragen wie dies überhaupt möglich gewesen, der Studierenden unbemerkt habhaft geworden zu seyn, jedoch ebenso gewiss nicht allzu überrascht seyn, wenn ich Dir eröffne, dass ich Dir hierüber – als einem weiteren Kunstgeheimniß – nichts eröffnen werde. Erklecklich geschmeichelt würde ich seyn, hätte ich Dich gar zum Schaudern und Entsetzen gebracht, und wünschte dies bei Gelegenheit von Dir zu erfahren.

Diese wird sich unfehlbar bald schon ergeben, sehr bald, wenn Du mich aufsuchen wirst. Denn nicht nur, dass Du nun von einem Mordstück weißt und Dich doch wenigstens vor dem eigenen Gewissen mitschuldig machen und im Wust zermürbender Selbstvorwürfe und -anklagen versinken würdest, tätest Du nichts zu seiner Verhinderung, selbst wenn Du, wie es der Fall ist, nicht wüsstest wie – – : ich gebe dir sogar – eine Eingebung meines gleich Deinem in lautrer Milch der abstrakten Menschenliebe schwimmenden Herzens, welches so oft mir lästig ist in meinem künstlerischen Bemühen – eine reelle Möglichkeit, eben dies zu thun, das Mordwerk und den grausamen Tod Deiner Studierenden zu hindern. Gelänge es Dir, mir in einleuchtenden Vernunftgründen darzulegen, inwiefern jenes von den meisten getheilte Vorurtheil gegen die Kunst des Bösen mehr ist als – nun eben dieß, ein Vorurtheil – inwiefern es eine begründete, beweisbare Wahrheit seyn sollte, dass man das Gute zu thun und das Böse zu lassen, und dieß der Gebrauch sey den man von seiner Freyheit als Subject zu machen habe, und dieß zudem ohne dabey der Freyheit selbst verlustig zu gehen – so hättest Du nicht nur meine Anerkennung, von Stund' an bekehrte ich mich und beendete meine Karriere als Kunstjünger des Bösen. Von allen Menschen überhaupt bist Du, Edwin Hellewart, einer der wenigen dessen Argumentation in dieser Sache – denn ich weiß ja woraufhin du argumentieren wirst – ich bereit bin meine Aufmerksamkeit zu schenken. Du magst mich daher aufsuchen an jenem Ort, wo ich die Studierenden gefangen halte; wie unklug es wäre diesen hier zu verrathen wirst Du einsehen, allein um 16:66 (verzeihe die kindische Zahlenspielerey) wird Dich im Innenhof der Universitaet unter dem Schwarznussbaume ein Hinweis erreichen, wie Du – und nur Du – zu jenem Ort gelangen kannst. Erscheinst Du dort vor dem letzten Glockenschlage zur Mitternacht, so können wir in aller Ruhe disputiren; wenn nicht so gehe ich von einer

66

Ablehnung meiner Einladung von Deiner Seite aus und werde, wenn auch ohne gewiss anregende Belehrungen, meine künstlerischen Absichten verwirklichen.

Sey dir des von mir in Dein Ingenium und deine Sagazität gesetzten Vertrauens bewusst, verschwende meine Zeit nicht und langweile mich nicht, bedenke die Dir winkende Palme, den (ich muss wohl hinzu setzen: innerhalb der Empirie) Bösesten aller Bösen zum Heiligen gewandelt, ja obendrein auch das Leben jener subordinierten Studierenden gerettet zu haben. Ich kann dies leicht versprechen und halten wollen, bin ich doch bey allen meinen Studien in der Gewissheit fest geworden, einen solchen Beweis zu führen sey unmöglich, ein für allemal sei jenes vielbeschriene „Du Sollst!" eine Erfindung, vielleicht nützlich dem bequemlichen Zusammenleben vieler Menschen miteinander, aber doch nur ein Zugeständnis aus rein pragmatischen Erwägungen, ohne der tiefer durchdringenden Reflexion standhaltenden Grund. Keinesfalls aber ist jenes „Du Sollst!" bindend für einen, der nicht in Gesellschaft mit anderen leben, sich nicht mitteilen und mit ihnen abgeben will, und dem es stattdessen um die Kunst des Bösen und das Höchste und Geistigste des Menschen zu thun ist, das Ausüben seiner Vernunft und seiner Freyheit.

V. Allegretto

Schleppfuß' Blick blieb auch nachdem er das letzte Wort des Briefs gelesen hatte auf den Text geheftet, der verschwamm und sich wieder scharf stellte, und wieder verschwamm, wieder scharf stellte. Plötzlich fiel es Schleppfuß auf dass er offenbar gedankenlos vor sich hin starrte, und damit fand er sich wieder als er selbst vor. Wenn unser Ich darin bestand *ich bin ich* zu denken, was waren wir dann wenn wir gerade mal nicht „ich" dachten, und was stellte eigentlich sicher dass wir zwischen den einzelnen Malen Ich-denken wirklich dieselben blieben? – – Wurschtegal jetzt: die Studierenden in der Gewalt des Sandmanns, eines Menschen, der die Boshaftigkeit zu seiner Maxime erklärt hatte, ja sogar als Kunst betrieb!!! Er mochte es sich gar nicht ausmalen. Ein Ultimatum stellte dieser kranke verirrte Geist – denn das war er ohne Zweifel, in nicht geringem Grade, ein Geist, ein brillanter – ein Ultimatum, ihm, Schleppfuß, die Studierenden zu finden, und schickte ihn auf die Suche nach seinem Versteck, lud ihn sogar ein. Eigentlich, dachte Schleppfuß, war es wieder ein geschmackloses Spiel mit Menschenleben und -leid und Gut und Böse: der Sandmann rechnete fest damit dass er, Schleppfuß, seinen Studierenden helfen wollen würde, und genau das wollte der Sandmann auch, er wollte aufgesucht und gefunden werden. Wirklich nur, um über Letztbegründung von Moral zu diskutieren und dabei etwas theoretisches Wissen über das Gute zu erlangen, um desto gründlicher böse sein zu können? Was war seine Versicherung wert, wenn es Schleppfuß gelänge ihm zu begründen weshalb man das Gute tun und das Böse nicht tun solle würde er ihn und die Studierenden laufen und auch sonst von seinem Treiben ablassen? Wenn der Sandmann durch und durch böse war oder es zumindest nach Kräften sein wollte konnte er ohne weiteres auch lügen. Zwar klang alles was er im Brief schrieb sehr offen und fügte sich auch zu dem was Schleppfuß aus der Zeitung und von anderswo über die Geschehnisse schon wusste: aber auf jeden Fall war es so wie der Sandmann sich beschrieb angebracht, ihm die jeweils niedrigstdenkbare Gesinnung zu unterstellen.

Weit her konnte es mit der Wahrheitsliebe bei ihm nicht sein, und vielleicht hatte er nur das Lügnerparadoxon umgehen wollen und daher nicht gesagt, dass er als Kunstjünger des Bösen selbstverständlich auch stets lüge? Aber das warf ja ein neues Paradox auf, nämlich: war der Sandmann durch und durch böse und verlogen, sagte es aber, dann war er es gar nicht; aber war er es nicht und sagte er wäre es, dann war er in der Tat verlogen. Wenn dieser Mensch sich dessen bewusst war – und Schleppfuß traute es ihm zu –: wieviel Respekt vor der Vernunft würde so jemand haben? Nicht sonderlich viel, er würde sie wie alles andere herabsetzen zu einem Mittel seiner Bosheit: er nennt's Vernunft und braucht's allein nur tierischer als jedes Tier zu sein! Aber warum dann dieses angestrengte Selbstreflektieren, dieses Beharren darauf, boshaft zu sein nicht etwa aus Neigung, sondern allein rational, einfach weil es keine überzeugenden Gründe gebe sich in Freiheit nicht auch zum Bösen zu entscheiden? Nicht ganz frei von Eitelkeit war der Verfasser des Briefes in der Tat, vielleicht wollte er sich deswegen von aller Triebhaftigkeit distanzieren; aber auch diese Eitelkeit war ja im Grunde unvernünftig.

Hatte der Sandmann Schleppfuß aus Eitelkeit diesen Brief geschrieben, um sich seiner glorreichen Taten zu rühmen? Oder hatte der Sandmann festgestellt, auch ein ermordeter Privatdozent und Dr. phil. würde sich nicht unvorteilhaft in sein Oeuvre fügen und stellte ihm nun eine Falle? War es also klug, sich von einem Entführer der sich selbst als Kunstjünger des Bösen bezeichnete auf die Suche nach den Entführten schicken zu lassen?

Freilich, in den Formulierungen des Briefes sprach sich eine ebenso brillante wie eitle Intelligenz aus, von deren einwandfreiem Funktionieren nicht nur diese Zeilen, sondern auch das raffinierte Vorgehen bei den zugegebenen Verbrechen zeugten. Wahrheit galt für alle gleichermaßen, Philosophie bestand darin sich der Wahrheit mithilfe der Vernunft anzunähern, mithilfe von für alle denkenden Wesen gleichermaßen einsichtigen Gründen und Überlegungen. Es war eine Wahrheit, daran hatte Schleppfuß noch in keinem einzigen Augenblick seines Daseins der ihm bewusst gewesen wäre gezweifelt, dass man das Gute tun sollte und das Böse nicht. Nur hatte leider bisher noch niemand so richtig herausgefunden und begründen können, warum eigentlich. Aber wenn man dem Sandmann eine stichhaltige, wahre Letztbegründung von Moral vortrug würde auch er als rationales Wesen diese Wahrheit erkennen; und machte er dennoch Miene einem etwas anzutun könnte man ihm seine Irrationalität dabei vor die Nase halten und er würde einen indigniert in Frieden lassen, um sich ja nicht auf eine Stufe gestellt zu sehen mit den von ihm so verachteten „traurigen Gestalten". Hoffentlich zumindest würde er das. Gab es eine andere Möglichkeit die

Studierenden vor der Boshaftigkeit des Sandmanns zu retten?

Schleppfuß sann eine Minute nach und sah keine. Wenn er der einzige war der sie retten konnte, dann war es auch seine Pflicht es zu versuchen. Ja, er musste es versuchen. An meine Person denke ich überall nicht; aber für die Wahrheit bin ich entflammt, und was ich für wahr halte, das werde ich immer so stark und so entscheidend sagen, als ich es vermag (Fichte). Im Namen von Vernunft und Freiheit, auf in den Kampf! Aber, leider, ach, fehlte ihm ja die entscheidende Waffe, die Letztbegründung! Einen vielversprechenden Ansatz hatte er in seiner Habilitationsschrift, aber nur begonnen, gewissermaßen erst den Ofen angeschürt und das Metall erhitzt und verflüssigt, aber die Wunderwaffe noch nicht in Form gegossen, gehämmert und geschärft. Aber jetzt brauchte er sie, hatte sie noch nie so sehr gebraucht, hier ging es um das Leben von Menschen, das der entführten Studierenden! Darum nicht länger gezögert! Vernunft und Freiheit! Auf in die Bibliothek!

Auf den Fittichen dieser Gedanken segelte Schleppfuß beinahe buchstäblich die enge Wendeltreppe im Ostflügel des der Philosophie zugeteilten Gebäudes hinab, zur Tür hinaus und über den Hof, und die kaum weniger enge Wendeltreppe zur Bibliothek im gegenüberliegenden Westflügel wieder hinauf, brach durch deren zwei Türen und begann Material zu suchen für seine Gedankenschlacht im großen barocken Lesesaal, misstrauisch beäugt von dem bösartigen ausgestopften Eichhörnchen. Bald war er verschwunden hinter den Bücherstapeln die auf seinem Tisch in die Höhe wuchsen:

Transzendentalpragmatische Überlegungen zur Moral. Kritische Bemerkungen zum Versuch einer Letztbegründung der Ethik. Der Ursprung der Sittlichkeit. Warum soll Sollen sein? System der Sittenlehre nach den Prinzipien der Wissenschaftslehre. Skeptische Figuren. Metaphysik und Praxis. Kritik des moral point of view. Warum gut sein? Die Moral und das Münchhausen-Trilemma. Über den Grund unseres Glaubens an eine moralische Weltordnung. Transzendentales Argumentieren. Freiheit und Sittlichkeit. Soll ich? Anleitung für endliche Vernunftwesen. Grundlegung zur Metaphysik der Sitten. Kritik der praktischen Vernunft. Mögliches Fundament der Ethik. Geltung und Moral. Zur Frage nach einem letzten Grund

sowie auch – know your enemy – Nietzsche, Carnap und Wittgenstein. Schleppfuß verschwendete keinen Gedanken daran wie – nach menschlichen Maßstäben – unmöglich es war innerhalb der ein, zwei Stunden die ihm noch blieben die Letztbegründung der Moral zu finden, mit der sich die philosophierende Menschheit seit ungefähr zwei Jahrtausenden herumplagte. Er las einfach, noch schneller als er es gewöhnlich tat, und exzerpierte, füllte seinen Geist an mit fremdem Gedankenmaterial, vergangenen Letztbegründungsversuchen und woran sie gescheitert waren. Er hatte natürlich auch schon für seine Habilitationsschrift jede Menge Bücher durchgearbeitet und kannte sich in der Thematik aus wie so leicht kein anderer; aber er war auf irgendeine unbewusste Art überzeugt beziehungsweise verhielt er sich einfach so, als müsse er um an sein Ziel zu kommen einfach genau dies tun was er tat, möglichst viel lesen und in sich aufnehmen, sein Geist werde schon mit der Überfülle umzugehen wissen, die Einzelheiten sortieren und ordnen, die größeren Zusammenhänge und Linien klar herausstellen, Unwichtiges und Unbrauchbares dem Vergessen überantworten – und aus dem was dann übrig blieb etwas Neues machen, die schon vorhandenen altbekannten Elemente zu einer vollkommen neuen Verbindung amalgamieren, einem Gedankengebäude, das Brauchbares der früheren Ansätze und Versuche einschloss aber ohne deren Schwächen und Probleme: die wahre und einzige, wirklich letzte Letztbegründung der Moral.

Schleppfuß dachte und reflektierte, meta-reflektierte und meta-meta-reflektierte viel in diesen Stunden angestrengtester Arbeit, allein sein Arbeiten selbst reflektierte er nicht, ob es überhaupt sinnvoll und erfolgversprechend war was er da tat, er tat es einfach. Mittendrin plötzlich schreckte er hoch und sah auf die Uhr: in eineinhalb Minuten hatte er im Hof zu sein, um den Hinweis des Sandmanns zu empfangen und sich auf die Suche nach ihm und den Studierenden zu machen! Hastig klappte er „Die Krise der Gegenwart und die Verantwortung der Philosophie" zu und verließ die Bibliothek ebenso eilig wie er sie betreten hatte. Frau Flausch an der er ohne sie zu bemerken auf dem Flur vorbeirauschte sah ihm hinterher und schüttelte konsterniert den Kopf. War wieder einmal sehr überarbeitet, der Dr. phil.

Im Hof angekommen setzte Schleppfuß sich unter den Schwarznussbaum. Hier, hatte der Sandmann gesagt, würde ihn um 16:66 – also doch 17:06 – der Hinweis erreichen, wie er dorthin vordringen könnte, wo die Studierenden gefangen gehalten wurden, und seinen Disput auf mehr als nur ein Leben und Tod mit dem Sandmann führen. Es dauerte eine Weile bis Schleppfuß' Gedanken von ihrer Geschäftigkeit abließen und im gegenwärtigen Augenblick ankamen, Schleppfuß überhaupt sich selbst wieder vorfand. Ich bin ich. Und ich sitze gerade im Innenhof der U2 unter dem Schwarznussbaum und warte. Mehr kann ich im Moment nicht tun und hoffen, dass mir der Sandmann tatsächlich einen Hinweis gibt, alles weitere findet sich.

Schleppfuß lehnte sich zurück und sah nach oben, in die Krone des mächtigen alten Baumes, die im untergangsgeweihten herbstlichen Flor stand. Ein gelbes Blatt landete mit sachtem Rascheln direkt vor seinen Füßen. Sonst war alles still. Ach nein, dort oben hinter den Fenstern die auf den Hof hinausgingen, im Vorlesungssaal im ersten Stock, lief eine gestikulierende Gestalt hin und her, und man hörte: „Manche Philosophen beobachten den ganzen Tag nur die Sprachpraxis weil sie glauben damit was über die Wahrheit zu erfahren. Bidde, wenn e Dummer de ganze Tag schwätzt kommt do nit de Wahrheit dabei raus!!" Ah, der Herr Kollege.

Das Blatt hatte die Form einer spitzen Ellipse, oder genauer gesagt waren es jeweils etwa sieben dieser Ellipsen, die symmetrisch angeordnet links und rechts, eines vorausdeutend nach vorne, von einem Stengel abzweigten. Oben hinein in die Baumkrone schien noch die Sonne, unten der Boden lag schon im Schatten der den Innenhof umgebenden Gebäude. Der Baum war von den Jesuiten hergebracht worden, von ihren Missionierungsreisen nach Asien, vermutlich als Nuss oder kleiner Setzling: in der Nuss allein steckte ideell der ganze große Baum, die Nuss war der materialisierte Drang sich als Baum hinauf zur Sonne zu entfalten. Ein schönes Bild, dachte Schleppfuß, der

Baum, wie er oben im Licht steht, und hier unten im Schatten: Je mehr er hinauf in die Höhe und Helle will, um so stärker streben seine Wurzeln erdwärts, abwärts, ins Dunkle, Tiefe, ins Böse. Hätte die Pflanze Bewusstsein, würde sie das Licht als ihren Gott verehren.

Auf der anderen Seite des Hofes liefen zwei Studenten vorbei: „Hey weißt du wie man sich das Wort supererogatorisch merken kann? Na denk einfach an: super erotische Aligatoren!" „Danke, das ist ja supererogatorisch von dir." – Der Himmel hatte sich einzutrüben begonnen, vielleicht gab es heute noch einen Sturm. Der Sandmann ließ ihn aber ganz schön lange warten. Schleppfuß fiel ein dass er den letzten Kaffee vor zwei, nein drei Stunden getrunken hatte, und konnte sich nicht erinnern wann er das letzte Mal so lange Zeit ohne ausgekommen war. Leibniz sagte irgendwo, vielleicht verschlucken wir im Kaffee Atome, aus denen Menschenseelen werden sollen, kam ihm noch in den Sinn. Schleppfuß wollte aufstehen und einen Kaffee holen gehen, aus seinem Büro, bezwang sich aber: was wenn der Sandmann in der Zwischenzeit seinen Hinweis gab, und er verpasste ihn, nur deswegen? Schleppfuß sah auf dem Boden vor sich eine Nuss liegen, und bückte sich, um sie näher zu betrachten.

Die Früchte der Schwarznuss in ihren grünen Kapseln waren nicht essbar, denn sie rochen nach Schwefel. (Hartgesottene Transzendentalphilosophen allerdings bezeichneten ihren Geruch als großartig und einer von ihnen hatte gar den Wunsch geäußert, sie als Gewürz oder Bad genießen zu können.) Bei Augustinus war die Nuss ein Sinnbild des Menschen, wobei die grüne Hülle in symbolischer Entsprechung dem Fleisch, die

Schale den Knochen und der Kern der Seele zugeordnet wurde. Schleppfuß steckte die Nuss in die Tasche, wobei seine Finger etwas ertasteten, einen Zettel. Er zog ihn hervor und las:

Dies Haus ist mein / Und doch nicht mein / Nach mir kommt ein andrer rein / Ist auch nicht sein.

Amüsiert angesichts der schlichten Verse bemerkte er, dass sie – mit etwas interpretatorischem guten Willen – *in nuce* eine Hegel'sche Denkfigur enthielten: Die ersten beiden Zeilen brachten einen Widerspruch auf, der sich an einem Gegenstand, einem Etwas zeigte; daraufhin wurde neben dieses erste Etwas ein Anderes gestellt, wobei sich aber herausstellte, dass auch für dieses Andere genau das gleiche galt wie für das Etwas.

Der letzte entscheidende Schritt, der Übergang, das Aufheben beider Momente in einer höheren Einheit wurde nicht vollzogen; aber das war wohl auch zu viel verlangt vom nur verständigen Denken. Die Vernunft dagegen… – plötzlich, mit dumpfem Knall, schlug direkt vor Schleppfuß, der erschreckt zusammenzuckte, eine weitere Nuss auf dem Boden auf. Das war knapp gewesen! Dabei behaupteten die Studierenden, der Baum bewerfe nur Touristen und BWLer. Vielleicht war es besser sich aus diesem gefährlichen Bereich zu entfernen? Aber wohin, wo er doch hier den Hinweis des Sandmanns zu erwarten hatte? Schleppfuß hatte den Spruch der auf dem Zettel stand schon einmal gelesen, an einem Haus in der Fischerei nämlich. Und da auf einmal begriff er: Der Zettel war ein Hinweis des Sandmanns. Er schickte ihn zu diesem Haus. Elektrisiert steckte Schleppfuß den Zettel ein, stand auf und ging, so wie er war, auf das Tor des Innenhofs zu und hindurch nach draußen.

VI. Più mosso

Schleppfuß fand sich, kaum herausgetreten auf die Austraße, eingekeilt in eine Gruppe asiatischer Touristen, die, geschart um einen Menschen mit großer roter, gleich dem leitenden Stern von Bethlehem im Krippenspiel an einem Stock über allen schwebender Kelle, den sie über Kopfhörer erreichenden Erklärungen des Fremdenführers lauschte; eine plaudernde, mit Hüten und Kameras überreichlich ausgestattete, für Schleppfuß ohne massive Gewaltanwendung nur langsam zu passierende lästige Blockade, wie auch für zwei Radfahrer, die, als ihr beabsichtigtermaßen aufscheuchendes Klingeln sichtlich wenig Eindruck hinterließ, mit scharfen Schnauben der Räder auf dem Asphalt abbremsen, absteigen und ihr Gefährt maulend durch die Menge schieben mussten.

Endlich war Schleppfuß der Durchgang geglückt. Er eilte vorbei am Haus Zum Schwan, den Buchläden und ihrem vor der Tür ins Freie gestellten Angebot, an ein, zwei Cafés, und bog in eine Seitengasse ab, die schon sehr dunkel war und wo nur Fahrräder an der Wand lehnten, ihm aber niemand entgegen kam. Die Gasse gab ihn wieder frei, aber er verschwendete keinen Blick nach links mehr an den alten Kran, der einen würdigen Vordergrund zum Hafenbecken bot, die Untere Brücke mit der Kunigundenstatue, das inmitten des Stroms von aufrührerischen Bürgern erbaute Rathaus und die Gebäude auf der anderen Seite des Flusses, obgleich alles sich eben in einer sehr bewundernswerten, postkartigen Lichtstimmung befand; ja, er schenkte auch keinen Blick dem mit einem Ochsenrelief samt Inschrift geschmückten Haus direkt vor ihm, kaum dass er den Verkehr auf der Langen Straße beachtete als er sie überquerte, so eilig hatte er es. Schleppfuß lief einige Meter an der Straße entlang und bog bei der zweiten Möglichkeit nach links ab in die Fischerei.

Direkt vor ihm war das Haus mit dem halbeingeklappten Giebel, rechts von ihm ein Brunnen, nun machte die Gasse eine Biegung, eine Plakatwand ragte vor ihm auf an der noch einige bunte verwaschene Fetzen hingen, dahinter der Schulhof, links ein Haus dessen Außenwand schon ziemlich aus dem Lot geraten war. Nun kam noch eine Biegung nach rechts, die Häuserzeile hatte sich aufgelöst in eine aneinander gelehnte Reihe individualistischer Einzelgebäude, und eines von ihnen, ein sehr niedriges, das sein Dach bis zum Erdgeschoss heruntergezogen hatte, trug auf seiner Vorderseite die Inschrift die Schleppfuß suchte: „Dies Haus ist mein / Und doch nicht mein / Nach mir kommt ein andrer rein / Ist auch nicht sein."

Ein wenig außer Atem blieb er davor stehen und blickte sich um. Weit und breit war kein Mensch zu sehen, und auch sonst nichts Ungewöhnliches festzustellen. Was sollte das nun, hatte der Sandmann ihn hereingelegt, trieb er ein Spiel mit ihm? Oder hatte er selbst sich geirrt und der Zettel war doch nicht der versprochene Hinweis gewesen? Verärgert drehte Schleppfuß sich wieder zu dem Haus um, und da gewahrte er, dass in einem der Fenster ein Plakat hing, ein Bild. Es zeigte einen grünen Hund auf den ein schwarzer Pfeil deutete, und daneben die Zahl 1822. Schleppfuß blickte sich noch einmal um, aber er war schon wieder ziemlich sicher, dass auch dies ein Hinweis des Sandmanns war. Tatsächlich also spielte dieser Mensch mit ihm, er schickte ihn einfach weiter, zu einer anderen Station. Na gut, dachte Schleppfuß, sonst wär's wohl auch gar zu einfach gewesen. Brummend erkannte er, dass ihm wohl keine andere Wahl blieb, als mitzuspielen, wollte er das Versteck finden, und zu hoffen dass der andere wenigstens ehrlich spielte. Immerhin war auch dieser Hinweis leicht zu verstehen, denn der Sandmann selbst hatte in seinem Brief vom Grünhundsbrunnen als dem Ort geschrieben, wo er eines seiner ersten Opfer gefunden hatte. Der Grünhundsbrunnen war ebenfalls

nicht weit von hier, man musste nur die Regnitz überqueren, ein kleines Stück richtung Sandstraße und von dieser aus dann in eine Seitengasse. Nicht mehr ganz so eilig machte Schleppfuß sich auf den Weg und bekam sogar als er über die Markusbrücke ging mit, wie im letzten Sonnenlicht die Wellen der Regnitz kleine Lichtkronen aufgesetzt bekamen, wie kleine schwimmende Kerzen. Mit einem Mal fühlte er Furcht in sich aufsteigen, aber er verfolgte den Gedanken nicht weiter und das Gefühl verlor sich wieder. Er bog nach links ab in die Sandstraße, und der Boden war nun nicht länger asphaltiert sondern gepflastert. Die Räder eines Autos das den Dozenten überholte rumpelten dumpf über die Steine.

Zu beiden Seiten der Straße begann sich Kneipe an Weinstube, Club an Bar, Gastwirtschaft an Pub zu reihen, und diesem Umstand verdankte die Sandstraße ihren Ruf als Bambergs Touristen- und Partymeile, in welcher Eigenschaft sie besonders am Wochenende sowohl am Tag als auch während der Nacht zu einem der meistfrequentierten Plätze Bambergs zählte. Vor allem in der schönen Jahreszeit war es nahezu unmöglich, sich auf der Sandstraße in normalem Gehtempo fortzubewegen geschweige denn mit dem Fahrrad, so vollgestellt war alles von Menschen, Tischen, Bänken, Stühlen und abgeschlossenen Fahrrädern. Im Kontrast zu diesem bunten, lauten Durcheinander faltete in einer Mauernische eine steinerner St. Franziskus die Hände und blickte still gen Himmel.

Während tagsüber vor allem Touristengruppen wie die von Schleppfuß eben passierte sowie zu kleineren Rudeln zusammengerottete Ausflügler die Straße bevölkerten, senkte sich der Altersdurchschnitt am Abend, denn dann bildeten einen Großteil des Publikums nachtschwärmerische Studierende: im Vorgenuss neuerlangter Freiheit nach dionysischen Höhenflügen und Abstürzen lechzende Erstsemester, die dabei womöglich noch Vergessen ihrer verzweifelten Verständnislosigkeit angesichts des Modulhandbuchs ihres Studiengangs suchten. Andere, die entkommen wollten aus der durch zermürbende Verteidigungsarbeit des persönlichen Kühlschrankterritoriums gegen unbefugte Annexionen vergällten WG. Wieder andere, denen das numinose Prüfungssystem *Flex Now* die Nichtigkeit ihres eigenen Wünschens, Planens, Hoffens, Bittens, Flehens und Fluchens für das Universum erfahrbar gemacht hatte und die daraufhin in eine Existenzkrise geraten waren. Höhere Semester, die Vergessen suchten von den bei der kleinlichen Jagd nach ECTs-Punkten erlittenen seelischen Verwundungen; gescheiterte Existenzen auf der Suche nach geduldigen Gesprächspartnern um ihnen ihre Sicht der Welt darzulegen; Bierenthusiasten, Cocktailversessene, Armdrückencracks, Weinkenner, Jazzer, Kannegießer, Karaokefreunde, Aufreißer (von Chipstüten), Freizeitagitatoren, Rocker, Deephousebegeisterte, Hipster, Raver, Feierabendmetaphysiker, Teilzeitphantasten, schweigende und gesprächige Genießer,

Spaßvögel, stille Wasser, Ausgelassene, Langweiler, Chiller, Desillusionierte, Hochgesinnte, Niederträchtige, Hedonisten, Epikureer, Zyniker und Melancholiker.

Den Anwohnern zuliebe untersagten die meisten Lokale nach Mitternacht das Hinaustragen von Gläsern sowie lautes Unterhalten und Krakeelen vor der Türe, aber, zum Verdruss jener, nicht immer mit Erfolg.

Als Schleppfuß die Straße entlang lief war sie noch ziemlich leer, bis auf vereinzelte kleine Grüppchen; denn der Abend hatte gerade erst begonnen. Der Dozent blieb auch nur für wenige Meter auf der Sandstraße, noch bevor er ihren belebtesten Teil erreichte führte ihn sein Weg in einer Kurve nach rechts ab, und dann stand schon an einer Hauswand geschrieben: Grünhundsbrunnen. Schleppfuß ging noch einige Schritte weit die enge Gasse entlang, bis sie sich plötzlich zu einer Art kleinem Hinterhof weitete. Auf der linken Seite bemerkte Schleppfuß an einem Haus mit verschiefertem Giebel in einen Kreis eingetragen richtig die Zahl 1822. Direkt vor ihm lag die Futtermauer der Rampe, auf der oben die Straße zum Domplatz entlang ging, vom Eisernen Tor auf der rechten Seite beginnend.

Dahinter ragte die Ostfassade der Neuen Residenz auf, und daneben, am oberen Ende einer weiteren imposanten Mauer, streckten einige Bäume ihre kahlen Zweige über ein steinernes Geländer, das wie Schleppfuß wusste zum Rosengarten gehörte. Jeder Bambergtourist kannte den schönen Blick den der Rosengarten über die Altstadt bot; einen noch schöneren hatte man allerdings vom höheren Michelsberg und dessen Klostergarten aus, weshalb dessen Abt lästiger Weise stets im Bilde darüber gewesen war, wenn der Erzbischof seinerzeit als seinen bescheidenen Beitrag zur Renaissance im Rosengarten wüste Orgien abhielt. Darüber machte Schleppfuß sich allerdings keine Gedanken, denn was er suchte war eher unauffällig, nämlich der Grünhundsbrunnen selbst, der diesem Platz seinen Namen gegeben hatte.

In die groben Blöcke der Rampe war eine nun mit einem Gitter abgedeckte Brunnennische eingelassen; darüber hatte man das Relief eines Hundes in Sandstein gemeißelt, eines kleinen, nicht sehr gefährlichen Hundes. Das kelchförmige Muschelkalkbecken unter ihm führte kein Wasser mehr, nur einige trockene Blätter lagen darin.

Dem Dozenten war es als hätte er ein Flüstern gehört von jemandem, der über ihm auf der Straße vorbeiging und sah nach oben. Auf Höhe der Straße, etwas versteckt unter einem Hausdach, befand sich die Skulptur eines unter dem Kreuz gestürzten Christus, der soweit Schleppfuß in der Dämmerung erkennen konnte ziemlich verdrossen dreinblickte. Auf der Straße war niemand zu sehen, und Schleppfuß begann die Fenster der Neuen Residenz abzusuchen. Neben jedes von ihnen waren graue Säulen auf den dunkelgelben Verputz gemalt. Aus einem dieser Fenster, dem sechsten oder neunten des Obergeschosses, war 1815 Napoleons Marschall Louis Alexandre Berthier zu Tode gestürzt, aus nicht ganz geklärter Ursache. Er habe von dort oben die sich nähernden russischen Truppen beobachtet, erzählte man, während der Wagen schon für die Flucht bereit war. Um besonders gut sehen zu können sei der Marschall auf einen Fauteuil geklettert und habe wiederholt ausgerufen: „Ma pauvre patrie!" Dann habe man den Sessel fallen hören. Andere erzählten aber auch, er sei vorsätzlich in den

Tod gesprungen, oder von sechs maskierten Männern aus dem Fenster geworfen worden. Die an der Mauer öffentlich angebrachte Gedenktafel schwieg sich über die Ursache des tödlichen Sturzes aus.

Schleppfuß kniff die Augen zusammen, aber konnte auch niemanden an den Fenstern oder der Brüstung des Rosengartens entdecken und so entschied er, das vermeintliche Flüstern auf sich beruhen zu lassen. Ratlos sah er sich um. Hinter ihm befanden sich ein Elektrogeschäft und ein Marienbild an einem Haus; ein paar Autos parkten im Hof, und rechts führte eine Treppe hinauf zur Rampe und der Straße zum Domplatz. Etwas Ungewöhnliches war nicht zu bemerken. Vielleicht, dachte Schleppfuß, hatte der Sandmann auch überhaupt gar nicht vor, ihn zu seinem Versteck zu lotsen, sondern wollte ihn einfach nur sinnlos durch die Gegend laufen lassen und sich heimlich ins Fäustchen lachen. Aber was wollte er nun tun? Sich beleidigt irgendwohin setzen und warten während der Sandmann seine Grausamkeiten fortsetzte? Wenigstens irgendwohin setzen wo's Kaffee gibt, dachte Schleppfuß und rief sich gleich wieder zur Ordnung. Er trat noch ein paar Schritte näher zum Grünhundsbrunnen und überlegte: dort oben auf dem Sockel unter den Bauch des Hundes wäre Platz, einen kleinen Gegenstand zu deponieren. Wenn man auf die Kante des Brunnens stieg konnte man mit der Hand gerade eben zum Sims hinauftasten.

Schleppfuß versuchte es und sein Herz begann eiliger zu klopfen als seine Finger gegen einen kleinen harten Gegenstand stießen, ein Holzplättchen. Das konnte doch nicht zufällig dorthin gelangt sein! Er sprang von der Kante und lief einige Schritte zur nächsten Straßenlaterne, um in ihrem Licht seinen Fund genauer zu untersuchen. Die eine Seite des Holzplättchens war einfach nur glatt und leer, aber als er es umdrehte zeichneten sich, im schräg einfallenden Licht der Laterne gut zu erkennen, einige darin eingeritzte Linien ab, die eine beinah geometrische Figur bildeten:

Schleppfuß betrachtete das Zeichen ruhig und eingehend. Man konnte es als das Piktogramm eines nach rechts laufenden Menschen deuten. Oder als um einige Linien ergänztes Doppelkreuz, auch genannt Kardinal- oder Patriarchenkreuz. Oder ein mittelalterliches Steinmetzzeichen. Genausogut konnte es ein ihm unbekanntes Symbol sein aus dem Sternenkatalog oder der Einkaufsliste eines assyrischbabylonischägyptischen Astronomen oder ein Schriftzeichen irgendeiner vorzeitlichen Sprache. Es waren sieben Linien, vielleicht war die Zahl Sieben gemeint. Vielleicht bedeutete das Zeichen auch nichts als sich selbst, sieben so-und-so angeordnete Linien. Wie das Universum, das als Zeichen aufgefasst auch nur sich selbst bedeutete. Wenn er noch länger nachdachte würden ihm ohne Weiteres noch mehr Deutungen einfallen. Das Zeichen konnte auf so unübersehbar viel verweisen. Und unendlich viele mögliche Bedeutungen waren gleichbedeutend mit überhaupt keiner: das reine, grenzenlose Sein, scheinbar Ausdruck höchster Fülle, war in Wahrheit eine vollkommen leere Kategorie, das reine Nichts.

Schleppfuß seufzte und legte sich eine Hand auf die Stirn, die sich eigenartig dumpf anfühlte. Ich habe keine Ahnung was es mir sagen soll, ich weiß nicht einmal ob es mir überhaupt etwas sagen soll. Ein Zeichen das Nichts bedeutet ist kein Zeichen. Nun ja, eigentlich bedeutet ja kein Zeichen von sich aus irgendetwas, das muss man vorher festlegen, mehrere Subjekte einigen sich dann auf eine Bedeutung in der sie es von da an gebrauchen. Das ist der Unterschied zum Symbol, da ist der Zusammenhang weniger willkürlich. Aber hier war nur ein Subjekt, und zwar ein ziemlich ratloses, das allein nicht fähig war aus diesem Zeichen eine Bedeutung zu gewinnen. Nein wir sind nicht sicher zuhause in der gedeuteten Welt, das All kann uns jederzeit stumm werden, das Nichts ist immer da und bereit, alle Bedeutung zu verschlingen und auszulöschen, sie uns aus der Hand zu reißen in einem Wimpernschlag. Wie elend und arm stehen wir dann da! Aber solange wir leben und Kraft haben können wir tätig sein und schaffen, gegen das Nichts die Bedeutungen setzen, Funken schlagen aus dem gestaltlosen ungeheuren Chaos: wir, die Iche, Subjekte.

Allein halt, lag es da nicht nahe bei der Deutung des Symbols die Hilfe anderer Subjekte in Anspruch zu nehmen? Am besten wäre es freilich jenes Subjekt zu fragen das dieses Symbol zum ersten Mal verwendet und hier deponiert hatte, aber das war doch bestimmt der Sandmann gewesen. Letzterer hatte in seinem Brief bekannt gegeben, er wünsche nicht mit anderen Menschen zu kommunizieren: ganz bestimmt hatte er sich nicht zuvor mit einem anderen Subjekt über die Bedeutung dieses Zeichens geeinigt. Das hieß, entweder hatten zu diesem Zeitpunkt andere Subjekte schon längst unter sich eine nur ihm, Schleppfuß, unbekannte Deutung des Symbols etabliert, und vielleicht besaßen sie ja die Güte, ihn nachträglich einzuweihen. Dann war immerhin noch zu klären, ob diese Deutung des Symbols auch im vorliegenden Fall galt oder nicht; denn in einer Hinsicht ließ sich die Unübersehbarkeit der möglichen Bedeutungen dieses Symbols doch eingrenzen: sollte sie für seine Suche irgendeinen Sinn beisteuern, müsste sie auf einen Ort in Bamberg verweisen, der ihn dem Versteck des Sandmanns zumindest annäherte. Hatten aber noch nie irgendwelche Subjekte diesem Symbol eine Bedeutung zugeordnet, so lag es in seiner Hand dies nachträglich zu tun! Auch dafür brauchte er den Beistand eines anderen Subjektes.

Wo also waren andere Subjekte, und welches von ihnen konnte er sinnvollerweise nach der Bedeutung dieses Symbols fragen? Er befand sich mitten in der Altstadt, da liefen um diese Zeit noch genügend Subjekte durch die Gegend. Und es war sehr sinnvoll, in dieser causa bevorzugt Subjekte zu fragen, die sich in Bamberg und mit rätselhaften Symbolen gut auskannten.

So also beschloss Schleppfuß sich auf die Suche nach Passanten zu machen, die er nach der Bedeutung des ihm vom Sandmann übermittelten Symbols fragen konnte, und fand, der Domplatz wäre dazu ein aussichtsreicher Ort, weshalb er das Plättchen zu der Nuss in die Tasche steckte, sich nach rechts wandte, die Treppe erklomm, durch das Eiserne Tor schritt und die Straße zum Domplatz hinan. Er warf einen Blick nach links über die Mauer, wo die schrägen Giebel und Dächer der Bamberger Altstadt nächtlich ergraut durcheinander wimmelten, und in den Fenstern hier und dort einzelne Lichter aufglommen. Schattenhaft zeichneten sich einige Kirchtürme vor dem Horizont ab, aber bald würden auch ihre Konturen im allgemeinen Schwarz verschwommen sein. Fernher von den flachen Bergen schickten noch Masten oder ähnliche hohe Bauten rote Blinklichter. In der Luft lag eine Art Schwere, irgendwo ganz weit entfernt färbte von Zeit zu Zeit ein Wetterleuchten die Wolken wunderlich an.

Im Vorbeigehen blickte Schleppfuß noch einmal hoch zu den Fenstern der Neuen Residenz. Sein Kopf fühlte sich sehr beschäftigt an, als würden dort im Halbschatten seines Bewusstseins die vielen, vielen in den zurückliegenden Stunden in der Bibliothek aufgenommenen fremden Gedanken durcheinander mahlen. Einerseits stimmte das Schleppfuß zuversichtlicher für seine bevorstehende Begegnung mit dem Sandmann und die Disputation, aber andererseits zog es Geisteskapazitäten ab von allem anderen, und für die bevorstehende Interaktion mit einem anderen Subjekt würde er sich sehr zusammennehmen müssen, um nicht allzu zerstreut und konfus zu wirken. Dem Umwälzen seiner Gedanken im Kopf ganz Einhalt zu gebieten fühlte er sich außerstande, und Schleppfuß sprach normalerweise höchst ungern mit Menschen, wenn sein Geist gerade so sehr arbeitete wie jetzt. Er fürchtete, sie könnten dessen Tätigkeit behindern indem sie ihn von seinem Gegenstand abzogen und Aufmerksamkeit für sich beanspruchten, wo doch auf diese Art, im halbbewussten Zustand sich selbst überlassenen Schweifens, sich bei ihm die besten Ideen einzustellen pflegten. Dass, wie schon Kant argwöhnte, die anschauende Kenntnis der metaphysischen Welt möglicherweise mit der Einbuße ein wenig desjenigen

Verstandes, den man für die gegenwärtige empirische nötig hatte, einherging, störte ihn nicht im mindesten.

Schleppfuß hatte den Domplatz erreicht, und schwarz wuchs vor ihm die Ostfassade des Bamberger Doms mit ihren beiden Türmen gen Himmel. An den linken, hoch oben, krallte sich ein mit weißen Planen verhängtes Gerüst für Restaurationsarbeiten wie ein Schwamm an einen Baum.

Auf dem weiten gepflasterten Platz war kaum ein Mensch zu sehen, und ohne nachzudenken ging Schleppfuß geradewegs auf den Dom zu. Er schritt die Treppenstufen zu seinem Vorplatz hinauf und gewahrte durch ein Fenster das wie er wusste hinunter in die Krypta ging einen schwachen Lichtschimmer. Über den Türen des Doms waren Figuren biblischer und mythologischer Gestalten angebracht, denen Schleppfuß aber weniger Beachtung schenkte als den auf beiden Seiten davor sitzenden Steinskulpturen eigenartig unbestimmter, plumper Gestaltung. Wie er sie nun im Halbdunkel sah fiel ihm ein was eine Sage über diese zu berichten wusste:

Als seinerzeit, veranlasst vom frommen Kaiser Heinrich und seiner Gemahlin Kunigunde, der Bau des Doms begonnen war, wollte das dem Bösen Feind nicht gefallen, und er schaffte soviel er konnte Hemmnisse und Zwietracht unter den Werkleuten. Auf seinen Befehl erschienen zwei schreckliche Ungeheuer, halb gestaltet wie eine Kröte und halb wie ein Löwe, und unterwühlten nächtlicherweile den Grund. Die Mauern senkten sich und bekamen Risse, beinahe wäre alles vor der Fertigstellung eingestürzt, wäre es nicht einem Bischof gelungen die bösen Geister auszutreiben und den Bau zu weihen. Zur Mahnung aber setzte man beide Ungeheuer in Stein gehauen rechts und links neben die Pforte, und da starrten sie nun bis heute formlos und greulich.

Ein dumpfes Klacken dicht hinter ihm ließ Schleppfuß herumfahren. Welch' unerwarteter Anblick! Dort hatte eben ein Mensch auf der steinernen Brüstung eine große Laterne abgestellt, in der eine Kerze blakte und die Scheiben verrußte. Der Mann stützte sich mit einer Hand aufs Geländer, und schien einen Augenblick auszuruhen und dafür diesen Ort gewählt zu haben, um sich mit ruhigem Behagen am Anblick der nächtlichen Stadt zu erfreuen. In der anderen Hand hielt er eine große Hellebarde; er hatte sich in einen langen dunklen Mantel gehüllt, trug grobe Stiefel und auf dem Kopf einen schwarzen Dreispitz. Über seiner Schulter lag der Gurt einer ledernen Tasche, die nebst einem Horn an seiner linken Seite hing.

Da begriff Schleppfuß, dass es sich bei diesem Menschen um einen der Bamberger Nachtwächter handeln musste, die den Touristen nach Sonnenuntergang ihre Führungen anboten. Schleppfuß fuhr noch einmal auf, nun erfreut: wen wenn nicht einen Fremdenführer konnte er aussichtsreich nach dem rätselhaften Zeichen fragen? Nur wie ihn am günstigsten ansprechen? Am besten gleich, bevor er seine Pause beendete und sich zum Gehen wandte.

Schleppfuß trat also neben den Nachtwächter ans Geländer und sagte: „Guten Abend." „Guten Abend", antwortete der Andere ruhig. Wie nun weiter? „Wenn Sie", begann der Dozent, „wie ich vermuten darf sich mit der Geschichte und den Bauten dieser Stadt außerordentlich auskennen könnten Sie mir ganz leicht einen großen Gefallen erzeigen. Nämlich ist mir", sprach Schleppfuß weiter und zog dabei das Holzplättchen aus der Tasche, „dieses Symbol zugesandt worden, welches mich wenn es auch vielleicht etwas wunderlich klingen mag, an einen bestimmten Ort in Bamberg verweisen soll. Da ich es aber nie zuvor gesehen habe bin ich außerstande herauszufinden, an welchen Ort ich geschickt werde." „Ha in der Tat wunderlich!", rief der Nachtwächter aus, „Sie gefallen mir. Die Menschen sind wenn sie handeln höchst alltäglich und man mag ihnen höchstens wenn sie träumen einiges Interesse abgewinnen; einzig bei Ihnen scheint es da eine Ausnahme zu geben. Da Ihnen meine Profession offensichtlich ist, lassen Sie mich nach der Ihren fragen?" „Ich bin Philosoph, meine Profession ist es, das Wahre zu erkennen." „Aber wenn Kenntnis der Wahrheit ihre Profession ist, warum fragen Sie dann mich nach etwas, dass Sie nicht wissen?" „Das liegt an der betrüblichen Wahrheit, dass meine Kenntnis der Wahrheit insgesamt doch sehr begrenzt ist."

„Und warum sollte dann gerade ich eine Wahrheit wissen, die jemand nicht weiß dessen Hauptgeschäft Kenntnis der Wahrheit ist, so wie meines das Stunden-ausrufen?" „Nun, Sie könnten ja über einen Teilbereich der Wahrheit der mir bisher verborgen geblieben ist besser Bescheid wissen als ich, auch wenn Kenntnis der Wahrheit nicht Ihr Beruf ist."

„Ei das lässt sich hören", sagte der Nachtwächter und nickte anerkennend. „Hier, sehen Sie, dies ist das Symbol dessen Bedeutung ich zu wissen begehre." Schleppfuß streckte dem Nachtwächter das Holzplättchen hin. Der nahm es in Augenschein, kratzte sich am Kopf und meinte dann: „Wirklich glaube ich dass mir dieses Zeichen nicht unbekannt ist. Ich will Ihnen gerne Alles sagen was ich an Wahrheit hierzu weiß. Lassen Sie mich dazu etwas weiter ausholen." Damit lehnte er auch die Hellebarde an die Brüstung, bedeutete Schleppfuß es sich bequem zu machen und begann zu erzählen.

VII. Intermezzo

Es ist den Einwohnern des heutigen Bamberg kaum mehr im Bewusstsein, welch geräumige unterirdische Welt sich unter ihrer Stadt demjenigen Wagemutigen eröffnet, der den Eingang zu ihr zu finden weiß. Ein solcher Eingang kann etwa versteckt sein im dunkelsten Eck eines Kellers, unter dem sich ein weiterer Keller befindet, ja in der Tat haben die sehr alten Gebäude teilweise nach unten mindestens ebensoviel Stockwerke als nach oben, und der Besitzer weiß gar nicht anzugeben wie viele genau, denn er hat sich noch nie ganz hinab getraut. Vielleicht war, was in einigen Fällen verbürgt ist, sein Keller gar über einen schmalen Durchlass verbunden mit dem des Nachbarhauses, und dessen Keller wiederum mit einem anderen, und so fort.

Durch den Sandstein auf dem Bamberg gebaut ist zieht sich ein wie man sagt etwa zwölf Kilometer langes Stollensystem, und namentlich Stephansberg und Kaulberg sollen vollständig durchhöhlt und durchkellert sein. Sein Ursprung ist keineswegs natürlich, denn es entstand allein von Menschenhand, als man im 11. Jahrhundert begann mit Hammer und Meißel den Keupersandstein zutage zu fördern, der sich einträglich verkaufen ließ als Scheuermittel. Man nannte jene, die von dieser schweren Arbeit lebten, die Sandmänner. Zur Zeit der Großen Pest wurden in einigen der unzähligen Kammern auch Tote bestattet, deren Knochen nach und nach den Boden in meterhohen Schichten bedeckten. Spätere Jahrhunderte nutzten die kühlen Gänge zur Lagerung von Wein, Bier und Malz. Während des Bombenkriegs dienten die

Katakomben als Zufluchtsorte für die Lebenden, auch die alten Maschinen der damals nach untertage verlegten industriellen Produktion stehen wohl noch dort unten und rosten vor sich hin.

Schon wenige Jahrhunderte aber nachdem das gierige Hämmern und Schürfen und Wühlen begonnen hatte häuften sich die Berichte seltsamer, unheimlicher Ereignisse. Vielleicht hatte die Emsigkeit der Sandmänner dort in den finsteren Eingeweiden der Erde ein Ur-tier aus langem Schlaf aufgestört, oder die Kreatur war von irgendwoher gekommen und hatte sich in den Schächten festgesetzt, jemand hatte sie dorthin gebracht, als Ei, in einer Kiste versteckt, oder vielleicht gar erst erzeugt, etwa bei alchemystischen Experimenten die dort unter dem Beistande des Chemos, Mulciber und Astaroth und anderer verwünschter Geister verborgen vor den Augen der Obrigkeit abgehalten wurden, vielleicht war es auch einer der Sandmänner der sich von den anderen getrennt hatte und zu vorwitzig in dem Tag immer fernere Tiefen vorgedrungen war und dadurch eine Verwandlung erlitt oder einem Fluch anheim fiel, genug, man weiß es nicht – : eines aber war sicher, dass von dort unten ein grässliches Ungeheuer herausgekrochen kam und in der Stadt nun nächtens sein Unwesen trieb.

Wie es aussah, darüber konnte man sich nicht einigen, denn es gab keinen der es je von Nahem gesehen hätte und die Begegnung lange genug überlebte, um davon zu berichten. Man fand aber zuweilen des Morgens auf den Straßen deren greulich zugerichtete Leichen, und reimte sich zusammen, es müsse scharfe Klauen haben und einen Schnabel, um seine Beute so reißen, schlitzen und zerpicken zu können. Ein Glaser der am Dombau beteiligt war und dem Untier offensichtlich begegnete, jedoch mit letzter Kraft entkam, redete im Delirium bevor er verschied etwas von einer schwarzen hohen Gestalt, die anstelle des Gesichtes einen Vogelschnabel habe, und anstelle der Hände mächtige Scheren.

Nachtgiger, nannte man das Wesen, und glaubte, es bewege sich vollkommen lautlos und äußerst behände, einzig das Schleifen seiner Scheren könne man hören und sie im Dunkel blinken sehen. Seine Füße sollten sein wie Vogelkrallen, andere behaupteten aber es seien wenn auch sehr riesenhafte Menschenfüße. Die Kreatur konnte ihrer Beute unbemerkt auflauern und mit der Plötzlichkeit eines Raubvogels auf sie herabstoßen, ihren Flug mit einem feurig sprühenden Schweif bezeichnend. Vor allem in den Raunächten und zur Zeit des Äquinoktiums konnte man, wenn es nachts sehr still war, hoch oben in den Lüften ihren schrecklichen Jagdruf gellen hören, der peinvoll in die Ohren schnitt und selbst noch ganz leise von fern einem den Schlaf rauben konnte. Man fand auch zuweilen des Morgens Leute tot im Bett, an Schlagfluss gestorben, die Hände krampfhaft auf die Ohren gepresst. Wer den furchtbaren Schrei des Gigers von Nahem hörte, verfiel augenblicklich dem Wahnsinn.

Auch in jener Zeit nun, als dieses Ungeheuer umging, war es schon mein Beruf allnächtlich den Rundgang anzutreten und die Stunden auszurufen; bisher hatte ich das Glück gehabt dem Wesen noch nie begegnet zu sein, und einer angeborenen Kaltblütigkeit halber machte ich mir darüber auch keine großen Sorgen. Die Nachtstunde schlug; ich hüllte mich in meine abenteuerliche Vermummung, nahm die Pike und das Horn zur Hand, ging in die Finsternis hinaus und rief die Stunde ab, nachdem ich mich durch ein Kreuz gegen die bösen Geister geschützt hatte.

Es war eine von jenen unheimlichen Nächten, wo Licht und Finsternis schnell und seltsam mit einander abwechselten. Am Himmel flogen die Wolken, vom Winde getrieben, wie wunderliche Riesenbilder vorüber, und der Mond erschien und verschwand im raschen Wechsel. Unten in den Straßen herrschte Totenstille, nur hoch oben in der Luft hauste der Sturm, wie ein unsichtbarer Geist.

Eben flammte ein Blitz durch die Luft, da schlich etwas an der Kirchhofsmauer hin wie Karnevalslarven, schwarz und groß. Ich rief es an, doch war's schon wieder Nacht rings um, und ich sah nichts, als einen glühenden Schweif und ein paar feurige Augen, und zu dem fernen Donner murmelte eine Stimme in der Nähe, wie zu einer Don Juans Begleitung: „Thu was deines Amtes ist, Nachtrabe; aber mische dich nicht ins Geisterwerk!" Erneut flammte ein Blitz, aber

VIII. Tempo primo

Schleppfuß hatte dem Nachtwächter bis hierher mit zunehmender Ungeduld zugehört. Nun aber war der Punkt gekommen wo er nicht mehr an sich halten konnte, und er unterbrach ihn unwirsch: „Das mag ja alles sehr interessant sein aber es hilft mir kein biss-chen weiter bei meiner Suche nach der Bedeutung dieses Symbols! Allzulange habe ich nicht Zeit, da-rum, wenn Sie etwas darüber wissen sagen Sie es kurz und bündig, anstatt meine Geduld zu strapazieren! Wir sind hier doch nicht in einer romantischen Novel-le wo Figuren auftauchen und Geschichten erzählen und die Hauptfiguren und alle Leser dazu verdammt sind, egal wie ausschweifend jene auch sein mögen, ihnen mit gespanntester Aufmerksamkeit zu folgen, ganz gleich wie eilig sie es eigentlich haben!" „Wo-her", gab der Nachtwächter zurück, „wissen Sie denn überhaupt so genau dass wir nicht in einer Novelle sind?"

Schleppfuß mochte sich mit diesem Gedanken nicht weiter beschäftigen und fegte den Einwand beiseite: „Und wenn, selbst dann sollten Sie zum Punkt kom-men! Rufen Sie meinetwegen der Stunden gedenk die Zahl aber verschonen Sie mich damit! Ihr Auftritt in meiner Geschichte ist völlig unmotiviert und ohne dramaturgische Notwendigkeit, Sie sind nur eine Ne-benfigur, was Sie so phantasievoll erzählen hat die Geschichte bisher in keiner Weise voran gebracht und es widerspricht den Regeln schriftstellerischer Kunst Sie unvermittelt erscheinen zu lassen und Ihnen und Ihren Geschichten dann völlig unnötiger Weise so viel Platz einzuräumen! " „Nur weil ich eine Nebenfigur bin lasse ich mir doch nicht eine gute Geschichte verderben wenn ich Lust habe sie zu erzählen! Laden Sie denn nicht auch den Groll der gesamten Leserschaft auf sich, wenn Sie mir ausgerechnet an dieser Stelle das Wort abschneiden? Und wer sagt überhaupt dass nicht im Gegenteil Sie eine Nebenfigur in meiner Geschichte sind, wenn auch, so ich's mir recht überlege, eine ziemlich unverschämte?"

Damit, so glaubte Schleppfuß, war dann wohl die Unterhaltung beendet, aber der Nachtwächter fuhr fort: „Übrigens, wenn Sie es gar so eilig haben in Ihrer Geschichte voranzukommen, auf welchen Ort das Symbol verweist kann ich Ihnen allerdings in aller Kürze sagen. Laufen Sie nur dort einige Schritte über das Pflaster, links neben dem Eingang der alten Hofhaltung hängt ein Erker an der Wand, an dem gotische Zierbänder hinauf laufen. Unten an der Wurzel wo diese Bänder sich vereinigen steht in Stein gehauen eine zierliche männliche Figur in Wams und Pluderhosen auf einem Podest, den Rücken etwas nach vorne gebeugt, und scheint den Erker von unten zu stützen. Der arme Kerl hält in der Rechten eine Art Flasche oder einen Knüppel, und in der Linken ein Wappen mit genau jenem Symbol das Sie suchen." „Oh tausend und abertausend Dank, mögen Sie ihr Leben fürderhin in Glückseligkeit hinbringen!", rief Schleppfuß und stürzte von dannen. Der Nachtwächter blickte ihm kurz hinterher, kratzte sich am Kopf, nahm Hellebarde und Laterne zur Hand und begann seinen Rundgang.

IX. Allegro assai

Schleppfuß kam etwas außer Atem vor dem Tor der Alten Hofhaltung zu stehen. Die Alte Hofhaltung war ein um einen Innenhof erbauter Häuserkomplex, der aus ehemaligen Wohn- und Wirtschaftsgebäuden des Bamberger Bischofssitzes bestand und ab dem 15. Jahrhundert anstelle eines Castrum Babenberg, einer Kaiserpfalz Heinrichs II., errichtet worden war. Über dem Tor befanden sich Darstellungen unter anderem der Heiligen Kunigunde mit einem Modell des Doms und anderer Apostel und Ritter, flankiert von Allegorien, umwunden von Zierleisten und kunstvollem Laubwerk, bekrönt mit einem großen Wappen, aber den Schlussstein des Torbogens selber bildete ein glotzendes Gesicht hinter dessen Ohren sich Bockshörner krümmten.

Links neben dem Tor war auch gleich der Erker, durch seine Säulen ausgewiesen als Gebilde der Renaissance, zweistöckig, jeweils mit aus Butzenscheiben zusammengesetzten Doppelfenstern auf jeder Etage. Das zierliche Männlein mit Knüppel befand sich genau dort wo der Nachtwächter gesagt hatte, am beinahe untersten Ende des Erkers; denn als Schleppfuß genauer hinsah erblickte er eine steinerne Fratze, die noch unter der Figur saß und als Podest für ihre Füße diente. Die Fratze zog den Mund spöttisch breit. Schleppfuß erinnerte sich, dass in der Alten Hofhaltung im Jahr 1208 durch einen Meuchelmörder das Blut eines Königs vergossen worden war, des Staufers Philipp von Schwaben. Folterungen waren in den Gebäuden auch durchgeführt worden, als zu Beginn des siebzehnten Jahrhunderts Johann Georg II. Fuchs

Freiherr von Dornheim hunderte Menschen als Hexen hinrichten ließ. 1627 wurde eigens für die gefangenen 'Druden' ein Malefiz-Haus errichtet, und dem Eifer des Fürstbischofs bzw. seiner Kommissare war auch die Erfindung einiger vordem nicht bekannter Foltermethoden zu verdanken, etwa des Kalkwasserbads. Dr. Georg Haan, Kanzler der Stadt Bamberg, der gegen die Verfolgungen des „Hexenbrenners" Fuchs von Dornheim Schritte unternommen hatte, wurde am frühen Morgen des 24. Januar 1628 im Beisein von 80 Zeugen auf dem Gelände der Alten Hofhaltung enthauptet, und seine kopflose Leiche anschließend zusammen mit weiteren Angeklagten vor den Toren Bambergs verbrannt.

Es gab also gute Gründe, dachte Schleppfuß, hier Dämonenfratzen anzubringen, und er schauderte, sich wegdrehend, denn es zwang ihm den nicht ganz unvertrauten, beunruhigenden Gedanken einer Einnistung des Bösen mitten im Grund aller Wirklichkeit auf.

Schleppfuß suchte sich abzulenken und betrachtete die Neue Residenz, das spätere Domizil der Fürstbischöfe, die ihm auf der anderen Seite des Domplatzes gegenüber stand. Das Gebäude war ihm sympathischer, er war dort schon einige Male gewesen und hatte gearbeitet, denn der Ostflügel der Neuen Residenz beherbergte die Bamberger Staatsbibliothek, zu deren Bestand 515.000 Bände zählten. Ihr Dach zierten formenreiche, teilweise mehrstöckige Schornsteine, und an jeder Ecke ein mit der Zeit grünspangrün gewordener Kupferzapfen. Die Portale befanden sich in perfekter Symmetrie, sogar die Dachfenster waren regelmäßig angeordnet. Genau neben der Silhouette der Residenz aber, ein Stück weiter hinten und von unten aus der Altstadt auf der anderen Seite der Regnitz aufragend, schloss sich die des Turms von St. Martin an, und markierte für Schleppfuß den Hof der U2, wo er vorhin noch unter dem Schwarznussbaum gesessen hatte. Hatte er dort gesessen? Wirklich er? So lautete seine Erinnerung, aber dass sie stimmte ließ sich ja durchaus anzweifeln.

Die Schwere in seinen Schläfen hatte begonnen in einem regelmäßigen Puls an- und wieder abzuschwellen. *Sicher ist nur dass ich jetzt gerade zweifle ob ich das vorhin war.* Ich zweifle. Ich denke ich, das ist ganz gewiss und verlässlich. Ich bin ich. Und sonst? Was ist sonst noch? Alles wovon ich weiß ist doch nur wieder Inhalt meines eigenen Bewusstseins, selbst wenn ich es mir vorstelle als etwas das außer mir existiert, so bin es doch nur wieder ich selber, der sich das vorstellt! Ja, aber die ganze Welt? Von der ich doch abhänge, in der ich überhaupt bin und lebe? Unabhängig von mir kann ich davon nichts wissen, denn um zu wissen muss ich erst einmal Ich sein. Aber besteht alles das andere denn? Was heißt das nun wieder, bestehen? Zwingt mich denn irgendetwas, dies alles zu denken, zu setzen? Nur von mir selbst weiß ich dass ich bin, mich setze, Vorstellungen habe, und gut oder böse bin. Bin ich dazu gezwungen? Könnte ich entscheiden, mich nicht setzen zu wollen? Durch was und wen gezwungen? Wie, gibt es nichts sonst, keine anderen? Wer weiß das schon. Eingesperrt sein in eine großartige allumfassende ewig-einsame Freiheit! Ich sein. *Sein.* Das Ich, um welches wir uns in einem beständigen Zirkel herumdrehen, indem wir uns seiner Vorstellung jederzeit schon bedienen müssen, um irgendetwas von ihm zu urteilen. Ich bin ich. Und ich denke das alles. Wie, ich denke? Was ein Witz. Ich will doch das gerade gar nicht denken und nicht schon wieder! Denke ich eigentlich mithilfe meines Verstandes und meiner Vernunft, oder denkt sie mit mir, und wenn ja, wer bin dann eigentlich noch ich? Ha, ein würdiges Äquivalent zu: „Mir träumte" im Gegensatz zu „Ich träumte", zu: hatte ich einen Traum oder der Traum – mich? Also ich bin, und bin gut oder böse. Leere zirkulärer Umwälzungen und selbstreflexiver Rotationen! Was soll das? Was soll ich denn? Soll ich denn? Soll ich sollen?

Immer rascher und wirbelnder wurde der Flug von Schleppfuß' halbbewussten Gedanken, sie kamen und gingen, kaum konnte er mehr einen einzigen festhalten und zu Ende denken, in so rasender Folge wechselten sie. Vielleicht hat sich der Weltgeist so gefühlt beim Urknall, war auch einer davon. Es tat physisch weh, so von Gedankenblitzen durchbraust zu werden, es waren einfach zu viele und gewaltige, die sich in einem endlichen empirischen Bewusstsein drängten und es peinvoll an die Grenzen seiner Fassungskraft brachten. Aber plötzlich flaute der Sturm ab und ließ lediglich eine nicht ganz angenehme Benommenheit zurück. Schleppfuß atmete einmal tief aus und ein. Er erinnerte sich wieder, weshalb er eigentlich hier war, und drehte sich wieder zur alten Hofhaltung und ihren Erker mit Figur und Fratze um.

Er wagte nun genauer hinzusehen und gewahrte zwischen den Füßen des Wappenträgers auf dem Podest einen zerknüllten Zettel liegen. Ohne sich zu besinnen trat Schleppfuß vor, ergriff den Zettel und faltete ihn auseinander. Mit dickem schwarzem Stift und großen klaren Druckbuchstaben, sodass man es auch jetzt bei schwachem Licht noch lesen konnte, war dort geschrieben: „Wnn br d gstg Zfllgkt, d Wllkr bs zm bsn

frtght, s st ds slbst nch n nndlch Hhrs ls ds gstzmßg
Wndln d Gstrn dr ls d nschld dr Pflnz; dnn ws sch s
vrrrt, st nch Gst."
Schleppfuß drehte den Zettel um, und auf der Rück-
seite stand kleiner, und in roter Farbe: „§248". Daneben war das Tierkreissymbol für den Krebs gezeich-
net. Das war alles. Das wurde ja immer schöner.
Schleppfuß lehnte sich gegen die Wand und schloss
die Augen, um konzentrierter nachdenken zu können.
Der Sandmann schickte ihm ein Papier voller Konsonanten, beinahe wie in einem Kreuzworträtsel. Die
Vokale fehlten. Aber das ausgesprochene reale Wort
ist die Einheit von Vokalen und Konsonanten, von
Licht und Dunkel. Erst im Menschen also wird das in
allen andern Dingen noch zurückgehaltene und un-
vollständige Wort völlig ausgesprochen (Schelling).
Im Menschen als Einheit von Licht und Dunkel ist
also das Wort ausgesprochen, wobei das Dunkel dem
Konsonanten entspricht. Sie können nicht selbst klingen, sie erstarren in sich selbst, sind in sich verschlos-
sen und hart, ohne Leben, Licht, Wärme. Es war unmöglich, einen nur aus Konsonanten bestehenden
Text laut vorzulesen. Wenn er aber sich das auf dem
Zettel Geschriebene, überlegte Schleppfuß, laut vor-
sprach, fügten sich vielleicht die Vokale von selbst an
die gehörige Stelle zwischen die Konsonanten ein.
Dann vielleicht würden sich sinnvolle Wörter ergeben, die ihm bei seiner Suche behilflich sein könnten!
Schleppfuß sah erneut auf den Zettel, trat einige
Schritte zurück, wandte sich wieder um sodass er die
Altstadt vor sich sah, holte Luft und las so gut es ging
laut: „Wnn br d gstg Zfllgkt, d Wllkr bs zm Bsn frtght, s st ds slbst nch n nndlch Hhrs ls ds gstz-
mßgWndln d Gstrn dr ls d nschld dr Pflnz; dnn ws sch

102

s vrrrt, st nch Gst." Er war froh dass immer noch niemand auf dem Domplatz zu sehen war, denn der hätte ihn ohne Zweifel für verrückt gehalten.

Beinahe abstoßend war der Un-klang, Un-laut der Konsonanten, und Schleppfuß fand es unheimlich, sie zu formen. Es hörte sich an wie das Flüstern einer halbverschluckten bösen Stimme im Dunkeln, fast mehr tierisch als menschlich, als würden jemandem vor Zorn die Wörter im Hals stocken und nur gepresst und deformiert einen Ausweg finden. Die „s", „sch", „ch" und „z" kamen widerlich zischend und fauchend hervor, die „rs" wuchsen sich zu einem Knurren aus der Tiefe des Rachens aus, und die mit der Zunge am Gaumen explodierenden „t" wollten nicht heraus ohne Zähnefletschen. Eisig erstarrten sie in sich selbst und wollten nichts preisgeben.

Schleppfuß drehte den Zettel zum zweiten Mal um und betrachtete das Krebssymbol und die Paragraphenzahl. In welchem Zusammenhang standen diese beiden mit der Konsonantenbotschaft?

Wieder schloss er die Augen und dachte angestrengt nach. Wie lange er so dastand wusste er nicht, aber plötzlich war ihm der Zusammenhang beider und die Lösung des Rätsels völlig klar und evident. Die Paragraphenzahl war eine Quellenangabe, denn die Konsonanten waren ein seiner Vokale beraubtes Zitat aus G. W. F. Hegels Naturphilosophie in zweiten Band der *Enzyklopädie der philosophischen Wissenschaften*. Im vollständigen Original lautete dieses: „Wenn aber die geistige Zufälligkeit, die Willkür bis zum Bösen fortgeht, so ist dies selbst noch ein unendlich Höheres als das gesetzmäßige Wandeln der Gestirne oder als die Unschuld der Pflanze; denn was sich so verirrt, ist noch Geist." Einleuchtend, dass dem

Sandmann dieses Zitat gefiel. Und der Krebs? Das Haus in dem Hegel während seiner übrigens sehr kurzen Zeit als Mitarbeiter einer Zeitung in Bamberg gewohnt hatte hieß auch: „Zum Krebs". Dorthin also sollte er kommen! Schleppfuß fühlte neue Zuversicht in sich aufsteigen, und war wieder froh so viel, viel gelesen zu haben und unablässig nachdenken zu können. Das Haus „Zum Krebs" war am Pfahlplätzchen gelegen, wiederum nur zwei Straßen von hier entfernt.

Eilig machte er sich auf, überquerte den Domplatz erneut und lief die Karolinenstraße hinab. Zu seiner Rechten befand sich nun eine kahle große Mauer, und links lagen einige Treppenstufen nach unten Katzenberg und Sandstraße, aber daran dachte Schleppfuß nicht. Gewissermaßen als Ausgleich zu vorhin sprach er anfangs halblaut vor sich hin, später bald mit voller Stimme, und musste dabei lächeln: „E ae ie ei ie uäiei, ie iü i u öe oe, o i ie e o ei uei öee a a eeäie ae e eie oe a ie uu e ae; e a i o ei i o ei." Die letzten Laute waren freudige Ausrufe, die sich übermütig an den Häuserwänden brachen und zu ihm zurückkehrten aus verschiedenen Richtungen. Wie leicht breiteten sich diese Laute aus, sie mochten so gern nach Außen! Ihr Klang war hell und schön und lebendig und frei.

Aber was mache ich denn da, ich führe mich ja kindisch und narrenhaft auf, dachte Schleppfuß, hoffentlich hat das niemand mitbekommen. Verstohlen sah er um sich, aber zum Glück sah er noch immer keinen Menschen. Aber war dort eben nicht ein Schatten hinter einer Ecke verwunden? Schleppfuß fühlte er sich auf irgendeine Weise heimlich beobachtet und sehr unbehaglich. Die Häuser traten dicht an ihn heran während er die Roppeltsgasse entlanglief. Längst war er wieder aus der Unmittelbarkeit gefallen und in die Vermittlung übergegangen, wo das Schwungrad seiner Reflexionen sich erneut in Bewegung setzte: *Ich bin ich. Ich reflektiere. Ich reflektiere dass ich reflektierte. Ich reflektiere dass ich reflektiere dass ich reflektiere.* Auch die vorige Leichtigkeit war wieder einer unbestimmten Schwere gewichen.

Schleppfuß trat aus der Enge heraus und befand sich nun auf dem Pfahlplätzchen, direkt vor dem Hegelhaus. Er blieb kurz davor stehen und betrachtete es, aber es sah mehr oder weniger aus wie immer: Es war ein dreigeschossiges Eckhaus, aus Sandsteinen erbaut, mit Satteldach, dessen barocke Fassade sich in einem gedämpften Rot präsentierte. Auf der rechten Seite fassten zwei Säulen und ein nach oben offener Bogen ein in dazu passendem Blau bemaltes Tor ein. Daneben schlossen sich ein schmaleres Haus und die Frontseite einer dunkelgrauen Kirche an, eines kleinen spätgotischen Saalbaus in Quadermauerwerk, der anstelle einer zerstörten Synagoge errichtet worden war und den Beginn der Judenstraße markierte. Etwas neben der Kirche zog Schleppfuß' Blick auf sich.

An einer dicht neben der Straße aufgepflanzten Metallstange hatte man einen Kasten befestigt, der Lichtsignale aussandte. Schleppfuß hatte ein solches Gerät schon oft gesehen, und er konnte den Inhalt des gerade übermittelten Signals leicht in eine ihm verständliche Form übersetzen: „Liebe Subjekte, bitte stellt jetzt die Farbe 'Rot' vor. Es ist sittlich solange ihr 'Rot' vorstellt anzuhalten; denn jedes Vernunftwesen sieht ein dass es Verkehrsregeln geben muss, um die Freiheit aller Subjekte zu ermöglichen." Schleppfuß trat näher an den Straßenrand heran. Eigentlich wäre er gern weitergegangen anstatt im Namen der Freiheit irgendwelcher anderer Subjekte anzuhalten. Denn das Haltegebot unterstützte ja keineswegs die Freiheit *aller* Subjekte; seine eigene, in der er gerne sofort die Straße überquert hätte, wurde dadurch sogar eher eingeschränkt. Von einem anderen Subjekt war auch noch immer weit und breit nichts zu sehen. Das Lichtsignal sendete noch immer die gleiche Botschaft aus: „Liebe Subjekte, bitte stellt jetzt 'Rot' vor und haltet an solange ihr das tut!" Außerdem, er hatte sich ja vorhin überlegt dass es wahrscheinlicher Weise nichts gab außer seinem eigenen Ich, und alles was er sich als von seinem Ich verschieden dachte eben doch nur von ihm *gedacht*, also lediglich eine Setzung seines Ich war, der abgelöst von ihm kein eigenes Sein zukam. Wenn ich jetzt nicht da wäre um ihn zu betrachten gäbe es diesen lästigen Lichtsignalkasten gar nicht mal! Weiß das dumme Blechding überhaupt, was es mir verdankt? Hm, vermutlich nicht, denn es ist ja meine Setzung, ich bin der Geist, das Subjekt, und dieses Dings nur das Objekt.

Die Botschaft lautete weiter unverändert: „Liebe Subjekte, bitte stellt jetzt 'Rot' vor und haltet an solange ihr das tut!" Zur Hölle, wenn ich schon so gütig war und dieses Nicht-Ich gesetzt habe, es könnte ja auch mal das tun was ich gerne hätte, mir erlauben weiterzugehen nämlich! Es ist aber ganz schön hartnäckig. „Liebe Subjekte, bitte stellt jetzt 'Rot' vor und haltet an solange ihr das tut!" Aber ich habe es doch gesetzt, als das freie Ich das ich bin? Warum erlaube ich dann meiner eigenen Setzung, meine Freiheit einzuschränken? Obwohl ich dieses Signalgerät gesetzt habe kann ich nicht machen, dass es zum Vorstellen einer anderen Farbe auffordert und mich weitergehen lässt. „Liebe Subjekte, bitte stellt jetzt 'Rot' vor und haltet an solange ihr das tut!" Wie lange soll ich denn noch warten? Ich hab keine Geduld mehr, ich will weitergehen. Ich soll stehen bleiben. Ich will weiter. Ich bin ja frei, kann mir doch egal sein wozu ich aufgefordert bin im Namen der Freiheit etwaiger anderer Subjekte!

Schleppfuß hatte sich in diese Gedanken so sehr hineingesteigert, dass er, während er mit über den Kopf gereckter Faust und dem dumpfen Ruf „Freiheit!" über die Straße stürmte, nicht einmal mehr mitbekam, wie zwei Radfahrer und ein Auto wegen ihm sehr abrupt bremsen mussten. Er rannte und rannte weiter, auch als er die Straße schon längst hinter sich gelassen hatte, denn in seinen Ohren gellte plötzlich eine Stimme: „Ja renne – renne nur zu, Satanskind – ins Kristall bald Dein Fall – ins Kristall!", eine geisterhafte, Schauder und Frost bringende Stimme. Wer oder was immer in da anrief, es wollte ihm nichts Gutes!

Schleppfuß rannte die Judenstraße entlang, vorbei an einem stattlichen Bürgerhaus, einem traufständigen Bau mit einheitlicher gegliederter Barockfassade. Scharf bog er nach rechts ab in die Eisgrube, und lief nun eine gleichmäßig grau verputzte Wand zu seiner Linken entlang, während auf der rechten Seite die Häuser zurücktraten und der auf einem Hügel thronenden Oberen Pfarre mit ihrem von mächtigen Substruktionen gestützten gotischen Kathedralchor gebührenden Raum eröffneten. Ins... *Kristall*?

Schleppfuß musste genau aufpassen nicht etwa zu stolpern auf dem gepflasterten Boden, denn die Oberfläche war hier sehr unregelmäßig, voller Wölbungen und in Jahrhunderten von unzähligen Rädern ausgefahrener Rillen. Erneut bog Schleppfuß ab, diesmal nach links, und rannte nun weiter die Eisgrube entlang, die sich, wie bedrängt von den immer näher traufseitig an sie herantretenden Häusern, den Stephansberg hinaufwand. Drei, vierstöckige Häuser zwängten die Straße ein zwischen die Fassaden ihrer aus massivem Sandstein erbauten Erdgeschosse, und setzten sich, was für Vorbeilaufende nicht zu erkennen war, nach hinten hinaus in diverse Rück- und Hinterhäuser, neuzeitliche und mittelalterliche Zu- oder Anbauten, Erweiterungen, Um-, Über- oder Verbindungsgänge und Hinterhöfe fort.

Schleppfuß hatte allerdings im Augenblick keinerlei Bewusstsein für bauliche Denkwürdigkeiten, er rannte, rannte. Sein Atem ging hektisch und sein Herz hämmerte. Die Straße machte einen abrupten Knick, und führte noch steiler bergan. Dort hinten, noch ein Stück weiter oben ragte die barocke Kirche St. Stephan auf, und rechts – Schleppfuß stockte, starrte, wie betäubt, taumelte, wäre beinah gefallen, ergriff aber gerade noch rechtzeitig etwas woran er sich festhalten konnte. Das Blut rauschte ihm durch den Kopf. Wo war der Verfolger? Hatte er ihn abgehängt? War das nur das Echo der eigenen Schritte auf dem Pflaster? Er hielt den Atem an, für einen kurzen Augenblick, und lauschte angestrengt.

Ein dumpfes Klopfen war zu hören, wie auf Holz. Es begann in einer Richtung und breitete sich aus, es war als übermittle sich eine Nachricht, ein Knarren mischte sich darunter, jetzt war es in seiner Nähe, es – es war das Klappern der hölzernen Fensterläden, mit denen der Wind spielte. Schleppfuß fühlte einen Anflug von Beruhigung, aber Da! Etwas riss ihn regelrecht herum, sodass er den Gegenstand an den er sich geklammert hatte losließ, einen Türklopfer wie er nun sah. Entsetzlich! Von dem Türklopfer grinste ihm das Gesicht einer vermaledeiten Hexe entgegen!

Von Grausen gepackt rannte Schleppfuß den Berg wieder hinab, um die Kurve, nun aber scharf nach links, wieder auf die Obere Pfarre zu die finster starrte, da war eine steile Treppe, nach oben, in zwei oder drei Stufen auf einmal, geradeaus ging es nicht weiter, also rechts an einem kleinen Fachwerkhaus vorbei, und kam erst wieder zur Besinnung als er sich im Lichtkegel einer Straßenlaterne wiederfand. An der Straßenlaterne war ein Schild lapidaren Inhalts befestigt: Hölle.

Ich bin in der Hölle. Ich bin ich. Schleppfuß beruhigte sich etwas. Innerhalb des Lichtkreises fühlte er sich sicher, auch wenn außen herum nun alles in für seine Augen undurchdringlicher Schwärze lag. Wenn der Verfolger noch auftauchen sollte würde er ihn wenigstens sehen. Er atmete wieder etwas langsamer, und merkte dass die Luft schon nächtlich kalt geworden war. Schleppfuß stand und wartete ob noch etwas kommen würde, immerhin war er ja in der Hölle. Aber eine ganze Weile blieb alles ruhig. Sein Atem kam nach und nach zur Ruhe. Schließlich hörte er nur noch den Wind rauschen und mit den Blättern eines Baumes in der Nähe rascheln. Irgendwo von fern, hoch oben in den Lüften, war auch ein hohles Pfeifen zu hören, wer weiß welchen Häuserecken oder -giebeln der Wind diesen Ton entlockte, in welchem Dachgebälk er orgelte. Glocken begannen zu läuten: erst, zwar nicht ganz in der Nähe aber doch deutlich und klar zu vernehmen, die einzelnen kurzen Schläge der Glocke des Rathauses, silbrig und etwas schneidend, keifend; dann von fern, in mittlerer Lage, und langsamerem Tempo, die einer anderen Kirche, schon sehr undeutlich und verwaschen, und nach Dunkelblau bis Schwarz abgetönt. Dazu erhob ein anderes Geläut seine Stimme, getragen von einem dumpfen, gleichmäßigen Wummern, der tiefsten Glocke, und mehreren mittleren und höheren Stimmen, die über diesen Untergrund hinliefen, sich wechselseitig überholend, in Farben von dunkler Bronze und Kupfer bis zu messinghellem Gelb, das ganz eilig dazwischen tupfte. Die Stimmen der Glocken Bambergs vereinigten sich und klangen durcheinander in einem chaotischen und doch auf andere Art harmonischem Chor.

Mittendrin glaubte Schleppfuß einen Moment lang, darunter auch das Horn eines Nachtwächters zu hören, aber es war sehr fern und undeutlich, sodass er sich auch getäuscht haben konnte. Das Klanggemisch löste sich nach und nach wieder auf. Zuletzt blieb nur noch eine einzige, sehr langsam läutende Glocke, deren Klang etwas Epiloghaftes hatte, eine Art von Vergangenem zu erzählen mit kraftlosem Bedauern über das Unabänderliche. Als sagte die Glocke mit jedem ihrer ersterbenden Schläge: „Ach! und weh!"

Und aus der Nähe und Ferne gesellte sich eine Stimme zu der Glocke, die sprach tieftraurig wie von allem Trost unendlich weit verbannt: „Ach! und weh! Mord! Zetter! Jammer! Angst! Creutz! Marter! Würme! Plagen. Pech! Folter! Hencker! Flamm! Stanck! Geister! Kälte! Zagen! Ach vergeh! Tieff' und Höh'! Meer! Hügel! Berge! Felß! wer kan die Pein ertragen? Schluck abgrund! ach schluck' eyn! die nichts denn ewig klagen. Je und Eh! Schreckliche Geister der tunckelen hölen Ihr die ihr martert und Marter erduldet Kann denn der ewigen Ewigkeit Feuer nimmermehr büssen dis was ihr verschuldet? O grausamm' Angst stets sterben sonder sterben Diß ist die Flamme der grimmigen Rache die der erhitzte Zorn angeblasen: Hier ist der Fluch der unendlichen Strasse; hier ist das immerdar wachsende rasen: O Mensch! Verdirb umb hier nicht zuverderben."

Schleppfuß war von einer tiefen Traurigkeit ergriffen wie er das hörte, aber vollkommen ohne Angst. Der Unbekannte der da sprach musste nun ganz in seiner Nähe sein. Er strengte die Augen an aber konnte die seinen elektrischen Feuer- oder Höllenkreis einfassende Schwärze nicht durchdringen. „Wer bist du?", rief Schleppfuß. „Zeige dich, so du ein Sterblicher bist aus Fleisch und Blut und kein Gespenst!"

Da hob ein Poltern an und Sausen hoch oben in der Luft, ein Summen und Klappern und Pfeifen und Klirren, ein Singen, Meckern, Johlen, etwas wie fern vom Wind hergetragenes irres Gelächter, und als Schleppfuß sich umdrehte stand am anderen Ende des Feuerkreises eine Gestalt.

X. Largo assai ed espressivo

Der Dozent war nicht überrascht, eher erleichtert, einen tatsächlichen anderen Menschen vor sich zu sehen, und dann noch einen an dem nicht das mindeste Furchteinflößende war. Es war ein vielleicht dreizehn, vielleicht auch schon vierzehnjähriger Junge, etwas schmächtig, bekleidet mit einem groben Hemd, Hosen und einer fadenscheinigen Jacke.

Freilich, nahm Schleppfuß erneut den Standpunkt der Reflexion ein, es war nicht gesagt dass es sich bei seinem Gegenüber tatsächlich um ein anderes Subjekt handelte, es könnte auch ein Automat sein, der sich nur äußerlich bis in jede Einzelheit gebärdete wie ein Subjekt, ohne aber ein Ich zu sein und Gedanken und Gefühle zu haben. Im vorliegenden Fall wollte er dem Anderen die Anerkennung als Subjekt allerdings nicht versagen, da er sie ihm unmittelbar schon zugebilligt hatte und bisher kein Grund vorlag sie wieder zu entziehen.

Der Junge hatte die Hände in die Taschen gesteckt und blickte etwas verwirrt und verschüchtert um sich. Schleppfuß sprach ihn freundlich an: „Wer bist du? Und wie kamst du hier her?" „Kann nichts und weiß nichts. Ist mir genau so vielmal vorgehalten worden dass ich in diesem Laster sei. Auf Zureden der Herren Kommissarien hab ich mich eingestellt."

Die Worte kamen fast tonlos, Schleppfuß musste sich anstrengen sie aufzufassen, und er wusste mit dieser Antwort nichts anzufangen. „Wie heißt du?", fragte er, noch vorsichtiger. „Daniel Bittel.", antwortete der Junge. Dann standen beide sich im Lichtkreis eine Weile gegenüber und schwiegen. Schleppfuß zermarterte sich währenddessen den Kopf ob in irgendeinem Fach seines Gedächtnisses etwas versteckt war, das mit dem Namen Daniel Bittel verknüpft war und zu dem Jungen und seinem seltsamen Benehmen Aufschluss geben konnte. Aber er fand nichts, so sehr er sich auch anstrengte. Der Junge machte nun nicht mehr nur einen verschüchterten, sondern regelrecht verängstigten Eindruck. Vielleicht hatte er vorhin die gellende böse Stimme oder die seltsamen Geräusche die der Wind hergetragen hatte auch gehört, überlegte Schleppfuß, und fühlte wie er Mitleid mit dem seltsamen Jungen der sich Daniel Bittel nannte bekam.

Das Schattenreich ist das Paradies der Phantasten, kam ihm von irgendwoher in den Sinn, hier finden sie ein unbegrenztes Land, wo sie sich nach Belieben anbauen können. Hypochondrische Dünste, Ammenmärchen und Klosterwunder lassen es ihnen an Bauzeug nicht ermangeln, und wieviel weniger Wetterleuchten, sausender Wind, Glockenläuten und klappernde Fensterläden.

Schleppfuß dachte kurz daran den Jungen bei der Hand zu nehmen, aber das war wohl keine so gute Idee, denn es hätte ihn womöglich noch mehr verängstigt. „Bin's nicht, allein sonst ein großer Sünder. Gott sei mein Zeuge mir geschieht Unrecht, vielleicht weil ich solche Sünd nit gebeicht' hat sein können dass…" Der Dozent konnte Daniel Bittels immer hastigeres Reden noch immer in keinen sinnvollen Zusammenhang einordnen, und das löste in seinem Geist ein Gefühl von Machtlosigkeit angesichts des Unbegreifbaren aus, das ihm gar nicht gefiel. Das trotzige Beharren des Geistes, mit der Etikettierung des Unbegreiflichen sei dieses schon vollkommen ausreichend begriffen und erkannt, als, nun ja, unbegreiflich nämlich, erschien ihm einmal wieder sehr zweifelhaft angesichts der Wirklichkeit. Irgendetwas stimmte mit dem Jungen nicht. Es war kein Grund ersichtlich weshalb, aber er schien jetzt sogar Schmerzen zu haben, das jedenfalls schloss Schleppfuß aus seiner Miene, unter dem Vorbehalt selbstverständlich, dass Zustände des einen Bewusstseins einem anderen nie direkt zugänglich, sondern stets nur indirekt approximierbar waren. Subjekte konnten voneinander einfach nicht wissen, wie sich für den jeweils anderen Qualia wie eben im vorliegenden Fall Schmerzerlebnisse anfühlten, denn aus der eigenen Erinnerung wussten sie ja nur, wie sich Schmerzen in der Vergangenheit für sie selber angefühlt hatten, aber damit war keinerlei Möglichkeit eines Vergleichs fremder und eigener Schmerzerlebnisse gegeben.

Unmittelbar hätte Schleppfuß dem Jungen gerne geholfen, aber er wusste einfach nicht wie und kam sich zunehmend mit der Situation überfordert vor. Vielleicht, dachte er, wäre es klug ihn zu anderen Wohlmeinenden, des Tröstens kundigeren Menschen zu bringen, am besten wohl in ärztliche oder psychotherapeutische Behandlung oder wenigstens Untersuchung, aber auf jeden Fall ihn weg zu bringen hier von dieser ausgesetzten Stelle im Lichtschein der von unheimlichen Geräuschen heimgesuchten „Hölle" zwischen Stephansberg und Oberer Pfarre. Und vielleicht gab es dort dann sogar Kaffee. Ei wie... Ach nein.

Da fiel es Schleppfuß wieder ein: er befand sich hier ja keineswegs auf einem Abendspaziergang, oder, wie es mittlerweile eher wirkte, einer Geisterführung, sondern er war auf der Suche nach den vom Sandmann entführten und mit einem schrecklichen Tod

114

bedrohten Studierenden, den nur er verhindern konnte, indem er dem Sandmann rechtzeitig die wahre und einleuchtende Begründung präsentierte, weshalb Subjekte sich in ihrer Freiheit für das Gute, und nicht das Böse entscheiden sollten. Noch hatte er einige Stunden Zeit bis Mitternacht, aber wusste nicht wie lange und wie weit ihn der Sandmann noch kreuz und quer durch Bamberg schicken würde, bis er endlich (möglicherweise wenigstens) an seinem Versteck ankam und die Argumentation beginnen konnte. Aber der letzte eindeutige Hinweis lag schon etwas zurück, es war das Hegelzitat gewesen, vom Wandeln der Gestirne und der Verirrung des Geistes, und seither nichts mehr.

Schleppfuß wehrte sich gegen den Gedanken, aber er stellte sich ein: möglicherweise hatte er durch sein kopfloses Losrennen das ihm mittlerweile vor sich selbst peinlich war fahrlässig die Spur verloren. Wie ärgerlich, hätte er nicht einmal an der richtigen Stelle überlegter handeln können? Anlage zum Phantasten habe ich, dachte er bei sich selbst, in erklecklichem Umfang, dawider mich die Vernunft behüten möge. *Die Vernunft ist ein Licht. Jedes Licht kann verlöschen*, vor allem wenn starker Wind geht. Und es weht nicht schlecht Wind, vielleicht kommt sogar noch ein Sturm heute Nacht. Ergo… Ach, dummes Zeug, Sophismen. Aber nun, es war geschehen, er hatte die Spur verloren. Als er das letzte Mal ratlos vor seiner Aufgabe gestanden hatte, war er durch einen glücklichen Zufall dem Nachtwächter begegnet, ein etwas eigener Zeitgenosse zwar, der ihm aber immerhin durch Deutung des Zeichens den entscheidenden Hinweis zur Fortsetzung seiner Suche geben konnte. Und nun? Half ihm denn nun keiner? Ein neuer Gedanke fügte sich in Schleppfuß' Geist zusammen, und noch bevor er sich eine begriffliche Formung gegeben hatte empfand der Dozent den hohen Grad einer sehr willkommenen Evidenz, die von ihm ausging. Daniel Bittel konnte ihm weiterhelfen! Er wusste etwas über den Verbleib der Studenten, vielleicht hatte ihn der Sandmann hierher geschickt um einen Hinweis auszurichten oder befohlen ihn, Schleppfuß, hier abzuholen, wer weiß wie der ruchlose Kunstjünger ihn traktiert haben mochte, kein Wunder dass der Junge einen so verängstigten Eindruck machte und Schmerzen hatte! Schleppfuß empfand sittliche Entrüstung über ein solches Vorgehen, aber auch ein wenig grimmige Befriedigung, den Sandmann in diesem Punkt seines bösen Spiels durchschaut zu haben.

„Daniel", hub Schleppfuß an, „ich verstehe nicht was du sagst und weiß nicht genau was dein Problem ist, aber ich mag dir helfen wenn ich kann und glaube du könntest auch mir weiterhelfen: vielleicht weißt du etwas über…" Ein Schrei des Jungen wie von großem Schmerz unterbrach ihn. Um Jüngsten Gerichts willen solle man aufmachen, er wolle alles bekennen. Schleppfuß war so erschrocken dass er ohne zu überlegen sagte: „Es geschieht ja, man macht auf." Zu seiner großen Erleichterung schienen Daniels Schmerzen damit nachzulassen. Was auch immer ihm diese Schmerzen bereitet, dachte Schleppfuß, so wie es aussieht habe ich mit meinem Reden Einfluss darauf. Er fand diesen Gedanken gut.

Daniel sprach nun sehr hastig. Es sei nun bald drei Jahre her dass er in der Wohnstube nächtens als alle sich schon schlafen gelegt hatten seiner Schwester gewartet habe. Die Gestalt seiner Schwester sei erschienen, mit der er sich inzestuös verbunden habe, und danach habe sich seine Schwester in eine hässliche Gestalt verwandelt mit einem Drachenleib und Klapperhänden. Er sei darüber erschrocken gewesen, und das Wesen habe von ihm gefordert Gott und allen Heiligen abzusagen um von nun an ihm zu dienen. Als er das nicht tun wollte habe es gedroht ihm den Hals umzudrehen, und da habe er es denn getan.

Schleppfuß, dessen Überforderungsgefühl während Daniels Reden einen steilen Anstieg erlebt hatte, gedachte sich aus der Verwirrung zu retten, indem er wie schon mit seinem letzten Einwurf auf das von seinem Gegenüber Gesagte einging, nun aber mit der Absicht, ihm durch eine geschickte Konfrontation mit der Widersprüchlichkeit seiner eigenen Aussagen die Augen zu öffnen. „Aber wenn du wie du sagst Gott und allen Heiligen abgeschworen hast, warum hast du dann vorhin Gott als Zeugen angerufen dass dir Unrecht geschehe?" Daniel besann sich kurz und sagte dann mit Nachdruck: „Fast die ganze Zeit ist hinter deiner Schulter der Böse Feind gestanden und hat mir gedroht, nichts zu bekennen, er wolle mir schon helfen, ist ja zuvor auch immer auf ihn Verlass gewesen."

Schleppfuß lief es eisig den Rücken hinab, aber er hatte sich in der Gewalt, und fuhr nicht erschrocken und kopflos herum wie noch kurz zuvor, sondern stand still da, und sagte, so gut er konnte, mit einem Ausdruck von Ruhe und Sicherheit: „Nein, da bin nur ich, Edwin Schleppfuß." Er wollte Daniel vermitteln dass er von ihm nichts zu befürchten hatte, damit er sein Vertrauen gewann und ihm den gesuchten Hinweis entlocken konnte. Das war aber schwerer als gedacht, denn so wie der Junge sich verhielt hatte ihn der Sandmann wahrscheinlich misshandelt und mit weiteren Misshandlungen gedroht, traumatisiert oder unter den Einfluss psychoaktiver Substanzen gesetzt, sodass Daniel nun vor Schleppfuß gleichfalls Angst hatte, ihn möglicherweise für einen Handlanger des Sandmanns und seine Freundlichkeit für besondere Hinterlist hielt. Irgendwie muss ich das anders angehen, dachte Schleppfuß, so wie ich bisher mit ihm geredet habe verrät er mir den Hinweis wohl nicht. Laut sagte er: „Und dann? Was hast du dann gemacht, nachdem du Gott abgeschworen und dich als Diener dem Drachenwesen verpflichtet hattest?"

Dann sei er, sagte Daniel, im Beisein etlicher Zeugen in Teufelsnamen getauft worden, anschließend habe man getanzt und geschmaust, und von da an habe er fast drei Mal monatlich mit seiner Buhlin zunacht zwischen 11 und 12 Uhr ausfahren müssen; sie habe ihn unter den Arm genommen und dann sei's dahin gegangen wie der Wind, zum Mühlwörth, auf die Obere Brücke, die Untere Brücke, zum Schwarzen Kreuz und zum Viereimerbrunnen am Obstmarkt.

Wie er plötzlich die Namen von vertrauten Orten in der Bamberger Innenstadt hörte fuhr Schleppfuß wie elektrisiert auf: Das war es ja genau was er suchte! Er hatte Recht gehabt mit seinen Vermutungen! Aber an welchen der genannten Orte sollte er nun gehen? Noch dazu konnte er zwar Mühlwörth, Obere und Untere Brücke zuordnen, aber wusste nichts von einem Schwarzen Kreuz oder dem Viereimerbrunnen. Am nahegelegensten war der Mühlwörth.

„Magst du mit mir zum Mühlwörth gehen?", fragte Schleppfuß so ruhig er konnte. Daniel nickte stumm, wandte sich um und begann die Treppe hinabzusteigen in die Eisgrube.

XI. Danza delle streghe

Während er Daniel folgte setzte Schleppfuß' Reflexionsvermögen wieder ein. Ihm war endlich eine Assoziation in den Sinn gekommen, mit deren Hilfe er Daniels seltsame Reden wenigstens irgendwie einordnen konnte. So wenig er sich auch mit der Materie explizit beschäftigt hatte, Schleppfuß glaubte festgestellt zu haben dass der Halbwüchsige Ausdrücke und Topoi nutzte, die dem Verhörprotokoll eines frühneuzeitlichen Hexenprozesses hätten entlehnt sein können. Das Frappierende daran war der hohe Realitätsgrad den er diesem allem zuzumessen schien, sein *tatsächliches* Schmerzempfinden aufgrund welcher Ursache auch immer, sodass es einem sehr schwer wurde, ihn als Rollenspieler zur Delektion der Touristen mit größtmöglicher Unmittelbarkeit der Historie gleich dem Nachtwächter aufzufassen.

Jeglichen Versuch, Daniel direkt seine Einbildungen ausreden zu wollen um ihn in die Realität zurückzubringen hielt Schleppfuß von vorn herein für aussichtslos, denn hier standen sich die Sichten zweier Subjekte gegenüber, von denen eins etwas für wahr hielt was dem anderen unwahr schien, wie sollte er da vermitteln auf objektiver Ebene, wenn er doch selbst eines der beiden Subjekte war? Freilich, er könnte Daniel auf die ihm offensichtlich auch in ähnlicher Form gegebenen Sinnesdaten verweisen, die ihm sagten, er befinde sich gerade im nächtlichen Bamberg, das von elektrischen(!) Straßenlaternen erhellt wurde, wo man sogar ab und an das Motorgeräusch eines Autos hören konnte und man schon seit Jahrhunderten keine angeblichen Hexen mehr verbrannt hatte. Aber welche Argumente könnte er, Schleppfuß, gegen Daniel vorbringen, wenn dieser mit gleicher Überzeugung dagegen halten würde, nein im Gegenteil sei dies alles eine Illusion und in Wirklichkeit befänden sie sich im Bamberg der frühen Neuzeit wo man Teufelspakte schließen konnte und, der Zauberei angeklagt, normalerweise auf dem Scheiterhaufen landete? Eigentlich keine, mochten sie auch voneinander glauben, einer von beiden sei ein Phantast, dem nicht nur wie uns allen im Traum, sondern auch im Wachen die Fähigkeit abgehe, seine Einbildungen als eigene Hirngespinste von dem Eindruck der äußeren Sinne zu unterscheiden.

Als Schleppfuß die letzte Stufe der Treppe hinabgestiegen war bedeutete ihm Daniel plötzlich, sich still zu verhalten. Schleppfuß war irritiert und fragte mit gedämpfter Stimme nach dem Grund, und Daniel flüsterte: „Daher, weil dort vorn die Brändtin Barbara geht, die ist Fremden gram, muss dran liegen dass sie zu Zeil mit dem Schwert gerichtet worden." „Wo ist sie? Ich sehe niemanden.", sagte Schleppfuß. „Warte." Einen Moment später atmete Daniel auf. „Ist um die Ecke verschwunden." Schleppfuß ergab sich seufzend in sein Los. Es war in der Tat aussichtslos. Welcher Philosoph hat nicht einmal, zwischen den Beteuerungen eines vernünftigen und festüberredeten Augenzeugen und der inneren Gegenwehr eines unüberwindlichen Zweifels, die einfältigste Figur gemacht, die man sich vorstellen kann? Soll er die Richtigkeit aller solcher Geistererscheinungen gänzlich ableugnen? Was kann er vor Gründe anführen, sie zu widerlegen?

„Was soll denn die Frau getan haben dass man sie hingerichtet hat?", fragte Schleppfuß, um das Gespräch zu erhalten. „Hat gütlich bekennet vor 54 Jahren eine Kuh getötet zu haben." Ein wenig hin und her habe es noch gegeben, denn sie habe dann widerrufen wollen und gesagt, sie habe das nur angegeben weil jemand ihr gesagt hatte so komme sie aus der Sache heil raus, und sich niemand an den Tod einer Kuh erinnern konnte, einige Befragte sogar unter Eid aussagten ihnen sei kein Vieh gestorben. Aber dann fand sich doch jemand der den Verlust einer Kuh zu beklagen hatte und somit war ihre Schuld erwiesen.

„Aber ist das nicht völlig überzogen", wandte Schleppfuß ein, „jemand wegen eines Sachschadens hinzurichten?" „Ei freilich", erwiderte Daniel, „deswegen hat man sie ja auch nicht drei Mal mit glühenden Zangen gegriffen und dann lebendig verbrannt, so wie die Magdalena Neudeckerin." „Und was soll die dazu getan haben?", fragte Schleppfuß, und erfuhr, dass die besagte Person bei ihrer Verhaftung Gott angerufen habe, er möge sie nicht verlassen, und dann zu weinen begonnen, ferner gütlich Unzucht mit dem Teufel bekannt habe, des weiteren vor vier Jahren mit über Frost beratschlagt, tote Kinder ausgegraben und gesotten, in die Luft gefahren und Früchte damit besprengt, alles erfroren, Vieh getötet, drei Mal Hostien geschändet und Zusammenkünfte der Hexen zu Lichtmeß eingestanden habe. Wo er das alles auf die Schnelle hernimmt, dachte Schleppfuß, wenn er seine wilde Phantasie doch nur in geordnete Bahnen lenken könnte.

Laut sagte er: „Aber woher weißt du das alles von diesen Leuten? Das muss doch sehr lange her sein, denn man verbrennt doch schon lange keine Hexen mehr, und niemand glaubt mehr dass Menschen sich mit dem Bösen verbinden und Zaubern können, wenngleich sie weiterhin Böses tun?" „Von ihnen selber hab ich's", antwortete Daniel als sei das das Allernaheliegendste, „oder jemand hat's mir erzählt von ihnen." Darauf wusste Schleppfuß nichts mehr zu sagen.

Stumm folgte er Daniel zurück um die Ecke, wo die Eisgrube in die Judenstraße mündet. Sie hätten nun nach links abbiegen können und wären dann alsbald wieder vor dem widerspenstigen Lichtsignalkasten-Nicht-Ich gestanden und dem Haus zum Krebs, aber sie wandten sich nach rechts, auf dem kürzesten Weg zum Mühlwörth. Vor ihnen erhob sich der Giebel eines alten Hauses und teilte die Straße, eines groß-bürgerlichen Hauses mit Namen „Zum Einhorn", das – genau wie das gelb verputzte barocke Bürgerpalais auf der rechten Straßenseite noch immer – ehemals prächtig und repräsentativ gewesen sein mochte, nun aber ergraut und vernachlässigt vor sich hin witterte und bröckelte. Auch das über dem Tor angebrachte steinerne Wappen war kaum mehr zu erkennen.

Die solcherart aufgespaltete Straße setzte sich, einge-klemmt zwischen Hausfassaden, nach rechts den Un-teren Stephansberg hinauf fort, im rechten Winkel nach links hinunter zur Regnitz als Schimmelsgasse, und geradeaus als Concordiastraße, und diesen Weg nahmen Schleppfuß und Daniel. Die Fassaden einiger schmaler, von Efeu überwucherter Fachwerkhäuser schlossen sich an die Straße an, daneben eines, dessen Fenster im Erdgeschoss schmiedeeisern vergittert waren und über dessen Tür ein Fahnenmast wie ein Stachel mitten in die Straße ragte. Eigentlich, dachte Schleppfuß während er daran vorbeilief, hätte man dieses Haus „Zum Einhorn" nennen müssen. Da bo-gen sie auch schon nach links ab in eine etwas geräumigere Seitengasse, wo einige aufgestellte Tische das Haus auf der linken Seite als Wirtshaus auswiesen.

Der Wind hatte noch mehr aufgefrischt, und Schlepp-fuß glaubte auch schon ein fernes dumpfes Donner-grollen zu hören, während er weiter angestrengt nach-dachte. Daniel war seine einzige Möglichkeit, weitere Informationen über den Verbleib der vom Sandmann entführten Studierenden zu erhalten. Er fühlte sich außerstande dem Jungen zu helfen, und vielleicht war es besser sich einfach, für einen begrenzten Zeitraum, auf seine Vorstellungen einzulassen, und wie er aus dem eigenen Sinn erzeugte Geistererscheinungen um sich her für wirkliche leibhaftige Realitäten aufzustel-len.

Noch ohne das Ganze allzu ernst zu nehmen versuchte Schleppfuß, sich das Geisterbild einer verurteilten Hexe so deutlich er konnte auszumalen. Die Spuren der ihr angetanen Folterungen, entschied er, würden nicht allzu naturalistisch hervortreten, das war wider den guten Geschmack und außerdem war der Leib eines Geistes weniger verletzlich als der eines Men-schen. Aber doch läge über der ganzen Erscheinung ein Zug des Leidens, und auch die unwirkliche Kör-perlichkeit der Phantasmagorien wäre eine geschun-dene und zerstörte, und kündete stumm von der Grau-samkeit verblendeter Menschen. Es kostete ihm Mü-he, sich dergleichen tatsächlich vorzustellen, bis ihm ein Gedanke kam: Ja, natürlich hatten die toten Hexen kaum mehr als einen schemenhaften Körper und er konnte sie nicht sehen, ihre Körper waren ja vergan-gen! Aber mit keinem Argument der Welt war zu widerlegen, es könne rein immaterielle, vernunftbe-gabte Entitäten geben, und diese geistigen Naturen könnten untereinander in wechselseitiger Verknüpfung und Gemeinschaft stehen, auch ohne Vermittlung körperlicher Dinge. Diese Art von Erscheinungen – so dachte Schleppfuß, und seine Gedanken rollten sich dabei ohne zu Stocken ab als seien sie in seinem Inneren auf eine Schriftrolle geschrieben gewesen und hätten, gut versteckt, auf diesen Moment nur gewartet – diese Art von Erscheinungen kann gleichwohl nicht etwas Gemeines und Gewöhnliches sein, sondern sich nur bei Personen ereignen, deren Organe eine ungewöhnlich große Reizbarkeit haben, die Bilder der Phantasie dem innern Zustande der Seele gemäß durch harmonische Bewegung mehr zu verstärken, als gewöhnlicher Weise bei gesunden Menschen geschieht und auch geschehen soll. Solche seltsame Personen würden in gewissen Augenblicken mit der Apparenz mancher Gegenstände als außer ihnen angefochten sein, welche sie vor eine Gegenwart von geistigen Naturen halten würden, die auf ihre körperliche Sinne fiele, ob gleich hiebei nur ein Blendwerk der Einbildung vorgeht, doch so, daß die Ursache davon ein wahrhafter geistiger Einfluß ist, der nicht unmittelbar empfunden werden kann, sondern sich nur durch verwandte Bilder der Phantasie, welche den Schein der Empfindungen annehmen, zum Bewußtsein offenbaret.

Wie herrlich weit, frohlockte Schleppfuß innerlich, habe ich's nun schon in dieser kurzen Zeit gebracht mit meiner Absicht, in vollem Bewusstsein eine Zeit lang Phantast zu werden! *Die Fantasie in meinem Sinn ist diesmal gar zu herrisch; fürwahr, wenn ich das alles bin, so bin ich heute närrisch.* Nun ja, das ist vielleicht keine gute Adresse um mich zu bedienen für meine private Walpurgisnacht, hat sich doch schon früh bei mir die Evidenz eingestellt dass dies vom ganzen Faust die schwächste Szene ist: dramaturgisch überflüssig, man hätte das leicht umgehen können durch Mauerschau oder Botenbericht, und durch die indirekte Schilderung wenn es denn unbedingt hätte sein müssen wäre das Ganze ungemein gehoben worden. Allein schon die Vorstellung eines zügellosen und orgiastischen Tanzens, Schmausens (vom Rest gar nicht zu reden) einer Menge von Frauen und Männern ist nichts weniger als ästhetisch; aber hier, wie auch andernwärts etwa in „Das Tagebuch", hat sich der hochdekorierte Olympier und Geheimrat mit einer gewissen schweinischen Freude zu unsäglichen Geschmacklosigkeiten hergegeben wie den Versen vom „gespaltnen Baum" etc., denen auch die feigenblattischen Gedankenstriche nichts von ihrer Indiskutabiltät nehmen.

Hm, zu Goethes Lebzeiten wurde der letzten Hexe der Prozess gemacht. Ja, damals war noch gut schreiben von Walpurgisnächten, wo dieses Bildarsenal noch im allgemeinen abergläubischen Gedächtnis war! Heutzutage dagegen diskreditiert sich ein Schriftsteller, der über Hexen schreibt und diese noch gar als reale auftreten lässt und gar noch Phantasie mit hinein zu nehmen gedenkt anstelle bloßer historischer, soziologischer, gerichtshistorischer oder naturwissenschaftlicher Fakta von vorn herein von allen ernsthaften Ansprüchen.

Schleppfuß brach seine Gedanken ab, denn vor ihm begann sich seine selbstgemachte Geistererscheinung zu formen. Schemenhaft nur, und doch grauste ihn vor dem Anblick, und er mochte darum auch gar nicht genauer hinsehen. Ihre Geschichte, die letzten Wochen ihres Lebens lagen offen vor ihm zutage: Gepeitscht hatte man die Frau, zuvor schon mit einer anderen Angeklagten konfrontiert, die der Beschuldigten ins Gesichts sagte sie habe sie gesehen bei Hexentänzen. Da wollte sie gestehen, aber ihre Aussage war wirr und sprunghaft, und bei der gütlichen Befragung – ohne Folter – widerrief sie alles, denn sie habe nur aus Pein ausgesagt. Elisabeth Stotzin hieß sie, Hans Stotz Wagners Frau, von Haßfurt gebürtig. Man legte Daumenschauben und Beinschrauben an, setzte die Angeklagte auf den Bock, mit einem Stein zusätzlich beschwert um die Qual zu vergrößern, gerüttelt wurde sie dazu auch, beinahe drei Stunden lang. Da sprach sie mit sich selber, gestand nachmittags desselben Tages gütlich, aber wieder sprunghaft, mit Lücken. Im Alter von zwölf Jahren sei sie durch ihre Mutter zum Bösen verführt worden, habe Hostien geschändet, Vieh getötet. Einen Tag später widerrief sie, woraufhin man sie für neun Stunden in das gefalted Kämmerlein sperrte. Tags darauf gütlich befragt bestätigte sie ihre Aussage erneut, das Urteil lautete: lebendig verbrennen.

Schleppfuß sah sich mit irdischen Sinnen um. Direkt vor ihm befand sich ein modernes, aus grauen ordentlichen Steinquadern erbautes Hotel. Daniel und er hatten fast die Obere Mühlbrücke erreicht. Das Kopfsteinpflaster war auch hier sehr unregelmäßig, voller Buckel und Senken und Wülste. Eingeklemmt zwischen zwei Hausecken setzte sich die Gasse fort, und er konnte schon vom Fluss her ein Brausen und Schäumen hören. Noch immer war ihm nichts aufgefallen, das einen Hinweis auf den Verbleib der Studierenden hätte bringen können. Vielleicht lag der Schlüssel zu allem wirklich in den Geistererscheinungen.

„Daniel", fragte Schleppfuß, „ist noch jemand hier?"
Daniel antwortete: „Dort hinten steht der Hans Kurz
aus Zeil, Gießbacher genannt" „Was weißt du über
ihn?" „Kenn ihn nicht gut." „Aber vielleicht weiß er
etwas das mir weiterhilft. Du hast doch vorhin gesagt
du könntest mit den Verurteilten sprechen?" „Ist aber
vielleicht nicht klug sie anzureden. Vor allem für dich
nicht." „Es ist aber wichtig, also tu es!"
Daniel wirkte verängstigt, als Schleppfuß so bestimmt
darauf bestand, einer Geistererscheinung vorgestellt
zu werden, und sagte: „Wenn du mit ihm sprichst,
sieh ihn auf keinen Fall an, ganz gleich was er sagt."

Damit bedeutete er Schleppfuß dort zu warten
wo er sich gerade befand, und bevor es diesem in den
Sinn kam zu fragen was ansonsten passieren würde,
war er einige Schritte nach vorne und auf die andere
Seite der Straße und um die Ecke, die sie noch von der
Oberen Mühlbrücke trennte, gelaufen. Schleppfuß
hörte über das Brausen des Wassers hinweg Daniel
sprechen, und plötzlich erstarrte er: Denn er *hörte*, wie
dem Jungen eine andere Stimme antwortete, eine
Männerstimme. Sofort schloss Schleppfuß die Augen
in der Absicht, sie so bald nicht wieder aufzumachen.
Musste er um seinen Verstand fürchten? *Die Basis des
Verstandes selbst also ist der Wahnsinn.* Was wir
Verstand nennen, wenn es wirklicher, lebendiger,
aktiver Verstand ist, ist eigentlich nichts als geregelter
Wahnsinn… Die Menschen, die keinen Wahnsinn in
sich haben, sind die Menschen von leerem, unfruchtbarem Verstand.
Schleppfuß hörte schnelle Schritte sich ihm nähern
und dann Daniels Stimme neben sich. „Er sagt er
wüsste nichts dir zu helfen. Gütlich vernommen sei er
worden und gepeitscht, habe dann gestanden und in

der folgenden Nacht versucht, sich zu erhängen, aber der Knecht in der Früh habe ihn gefunden und gerettet. Vieh hat er gelähmt, Graben Fritzen mit Hilfe seiner Frau umgebracht, bei der Frostberatschlagung von '26 war er. Ist verbrannt worden nach einem Griff mit glühender Zange." „Wie? Und sonst nichts?" „Hat mehr nicht wollen sagen." Schleppfuß fühlte eine leichte Enttäuschung und Ungeduld.

Aber er war doch auf dem richtigen Weg? Er hielt noch immer die Augen fest geschlossen aber ahnte, spürte, sah mit den Augen des Geistes wie sich direkt vor ihm eine weitere immaterielle Natur zu schemenhafter Körperlichkeit konzentrierte. Er wagte nicht zu sprechen, aber die Erscheinung schien unmittelbar von ihm zu wissen, dass er sie unbedingt etwas fragen wollte, und redete, ob zu ihm oder doch mehr zu sich selbst, es war nicht auszumachen: „Getraud Höpflerin aus Ziegelanger. Lag den 21. Juli 1628 drei Stunden im gefalt Stüblein. Es geschehe mir Unrecht und wann ich ein Trud wäre, so müsste ich es ja wissen, fing an und lachte, sagte ich wolle gern und willig sterben, stürbe ich doch nur einmal." „So sag doch", bat Schleppfuß, und er wusste nicht mehr ob er das dachte oder auch leise sprach. „Daumenschrauben, dann ein Viertelstund auf dem Bock. Weher Zug mit Stein und dabei gepeitscht, wieder Bock. Gütlich befragt, vom Nachrichter mit Ruten ziemlich gepeitscht."

„Nein, das mag ich nicht hören, etwas anderes,…", antwortete Schleppfuß bestimmter. „Was weiter? Konfrontation mit der Gevatterin, dann ein Viertelstund ad torturam. In Kalkwasser gebadet. Und lag in Ketten lange Monate." „Und? Rede schon!", drängte Schleppfuß. „Konnt' eines Tags wegen Schwachheit nicht mehr vernommen werden. Hab mich teils wegen langwieriger Gefängnis, teils wegen hohen Alters sehr übel befunden, man hat den Herrn Pfarrer zu mir gelassen, so dann selbiger Beicht gehört." „Sprich!", rief Schleppfuß. „Bin im Malefiz Haus gestorben und allhier uffm Anger bei der Richtstatt begraben, nach 560 Tagen Gefängnis."

Die Erscheinung begann undeutlicher zu werden und sich wieder aufzulösen, Schleppfuß konnte nichts dagegen tun. Aber wieder hatte er keinen Hinweis erhalten der ihm weiterhelfen konnte! Auf einmal fühlte er sich sehr verärgert. Laut und heftig sagte er: „Das hat alles nichts mit dem zu tun was ich wissen will! Warum redet hier jeder nur davon was ihm durch boshafte oder verblendete Menschen angetan worden ist, darum geht es doch jetzt nicht! Das alles mag bedauernswürdig sein, aber es ist lang her und alles Geschichte, warum werde ich dann mit diesem faden Zeug traktiert und abgehalten von dem worum es mir geht? Hab ich nicht viel Wichtigeres zu tun? Will dieses verwirrte Nachtvolk mich zum Narren halten? Was wollen sie mir da alle einreden und einflüstern, was ich doch alles gar nicht hören will! Unselige Gespenster! So behandelt ihr das menschliche Geschlecht zu tausend Malen; gleichgültige Tage selbst verwandelt ihr in garstigen Wirrwarr netzumstrickter Qualen. Immer nur und andauernd vom euch angetanen Leiden! Ja seid ihr denn die einzigen? Und was hab ich denn zu schaffen mit allem diesen, was geht's mich an?"

Die Worte hallten von den Hauswänden wider, aber er achtete nicht darauf. „Ich kann's nicht ungeschehen machen was euch widerfahren ist denn es ist vergangen und unabänderlich, aber es gibt etwas das ich tun kann, nämlich ein zukünftiges Leiden verhindern, das nämlich bald passieren wird wenn ich nicht einen entscheidenden Hinweis erhalte, nämlich… "

Er merkte wie Daniel blass wurde und erschrocken zwei Schritte vor ihm zurück wich, und offenbar auch wieder Schmerzen hatte. „Dann lasst uns doch zum Mühlwörth gehen", suchte er den Dozenten zu besänftigen, und Schleppfuß war einverstanden. Als sie sich in Bewegung setzten öffnete er die Augen wieder ohne danach zu fragen, denn alle Geistererscheinungen waren mittlerweile verschwunden.

XII. Adagio tranquillo e consolante

Schleppfuß und neben ihm Daniel standen auf der
Oberen Mühlbrücke, einem nur zweckmäßigen Über-
weg aus Metallgitter, und blickten über das dunkle
Wasser stromaufwärts, wo der Linke Regnitzarm aus
dem Hain nach Bamberg hinein geflossen kam. Keiner der beiden sprach ein Wort.

Über ihnen saß auf einer Säule eine leuchtende Plas-
tikskulptur, die in stetigem Wechsel das ganze Spekt-
rum der Regenbogenfarben durchmaß, eine Verschö-
nerung der allerneuesten Zeit, und blickte ebenso
stumm wie sie richtung Hain. An die Brücke angeschlossen war eine Wehranlage, die zum einen Bamberg vor Überflutung schützte, zum anderen mithilfe
von Turbinen die Kraft des Wassers in Strom umwan-
delte.

Eilig, voller Wirbel, kam die Regnitz herangeflossen,
brach sich an den Pfeilern und schäumte und brodelte
in dem kleinen Becken. Die Regnitz war ein zahmes
und kleines Gewässer, aber vor der Lebensgefahr die
es bedeutete *hier* hineinzustürzen und in den Sog zu
geraten warnten schon weiter flussaufwärts Schilder.
Häuser standen ungeordnet zu beiden Ufern, selbst
mitten in der Strömung hatte man eines errichtet auf
steinernen Pfeilern, von dem nun die beiden Hälften
der Brücke abgingen wie Flügel oder Arme.

Die Häuser auf der rechten Seite machten nicht den
gepflegtesten Eindruck, die Farbe blätterte ab, und die
Fensterstöcke der untersten Stockwerke neigten sich
schon deutlich, offenbar waren die Fundamente im
Lauf der Jahrzehnte in den sandigen Untergrund ein-
gesunken. Links dagegen stand ein gelbes, wie aus

dem Ei gepelltes Fachwerkhaus an das sich direkt ein weiteres, höheres anschloss, welches wie Schleppfuß wusste das Studentenwohnheim Obere Mühlbrücke beherbergte. In dem linken, nahen Fachwerkhaus hatte jemand eine kugelförmige Lampe entzündet, und es sah aus als hätte man den Mond gestohlen und an die Decke gehängt.

Schleppfuß war ruhig geworden und sah still und einsam vor sich hin. Er fand sich sehr cagastrisch und gepeinigt von Mühlsteingedanken vor, wenngleich er selbstverständlich nur zu gut wusste dass allein er selbst es war der sich mit diesen Gedanken quälte, er selbst Peiniger und Gepeinigter war, Subjekt und Objekt. Nur half dieses Wissen und alles Reflexionsvermögen ihm in seinem Zustand nicht das mindeste, es verdoppelte vielmehr die Qual. Und auch noch dies wiederum zu wissen vervierfachte sie: die Unendlichkeit des Bewusstseins in Moll.

Er blickte in das Wasser hinab, auf das die Spiegelung der Straßenlaternen kleine Höfe oder Umkreise von Licht zeichnete, die zersplitterten und mit den Wellen und kleinen Wirbeln in die Wehranlage hinein schwammen und verschwanden, aber ohne darauf zu achten. *Es gibt ein Vergessen alles Daseins, ein Verstummen unsers Wesens, wo uns ist, als hätten wir alles gefunden. Es gibt ein Verstummen, ein Vergessen alles Daseins, wo uns ist, als hätten wir alles verloren, eine Nacht unsrer Seele, wo kein Schimmer eines Sterns, wo nicht einmal ein faules Holz uns leuchtet.*

Schleppfuß wehrte sich dagegen es sich einzugestehen, und doch hatte er es aufgegeben alle vergangenen Stationen immer von neuem abzulaufen und sich zu versichern dass es mit allen seine Richtigkeit gehabt habe und noch habe, in der Tat sei doch dort drüben der Mühlwörth und es wäre in Kürze ein eindeutiger Hinweis zu erwarten der alle seine Zweifel auf einen Schlag zerstreuen würde, und ohnedem habe er doch bis Mitternacht genügend Zeit seine Suche zu Ende zu bringen. Aber wo denn, kam es ihm da, du hast ja überhaupt keinen Anhaltspunkt mehr, und dann, genau als drüben am Mühlwörth das Rücklicht eines Fahrrads sinnlos irrlichtilierend in der Dunkelheit verschwand, sprach er es zum ersten Mal im Geist unverhüllt aus und stellte sich dem Furchtbaren, was es bedeutete: Er, Edwin Schleppfuß, hatte bei der Suche nach den vom Sandmann entführten Studierenden die Spur zum Versteck des Entführers verloren, durch eigene Unüberlegtheit. Obendrein hatte er sich in Daniel getäuscht und einen vermutlich gänzlich Unbeteiligten, jedenfalls aber Unwissenden und ohnehin schon genug Geplagten in die Sache mit hinein gezogen. Ein Wiederfinden der Spur war unwahrscheinlich angesichts der doch schon vorgerückten Stunde und der Fülle der Möglichkeiten in einem für einen einzelnen unübersehbaren Areal, der Bamberger Innenstadt. In einem Wort: er hatte versagt. Und da es auch sonst in niemandes Macht mehr lag, dem Sandmann Einhalt zu gebieten, war hiermit dann wohl das grausame Ende der Studierenden besiegelt.

Schleppfuß hätte gerne den Kopf auf das Brückengeländer gelegt und in Ewigkeit gar nichts mehr gedacht und gefühlt, aber er erlaubte es sich nicht, noch hatte er Kraft sich gegen die Resignation zu wehren. Er blickte ins Wasser, und ging die Reihe der passierten Stationen von Neuem durch, wie eine Argumentation, die man gegen Kritik absichern möchte und dafür jede einzelne Prämisse und ihren Zusammenhang untereinander prüft. Der Brief des Sandmanns auf seinem Schreibtisch: eindeutiger konnte wohl nichts sein. Dann der Zettel unter dem Nussbaum in seiner Tasche, der ihn zu dem Haus in der Fischerei geführt hatte. Der Grünhundsbrunnen, wo auf dem Sims das Holztäfelchen mit dem eingeritzten Symbol gelegen hatte, das er noch immer in der Tasche ertasten konnte. Dann war er mithilfe des Nachtwächters zum Erker der Alten Hofhaltung und von dort zum Hegelhaus gelangt. Und dort hatte er die böse Stimme gehört und war daraufhin voller Schreck um einige Ecken gelaufen, bis er sich in der „Hölle" wiederfand und Daniel begegnet war, der ihn auf seinen eigenen Wunsch hierher geführt hatte, unter einem von ihm selbst tatkräftig mit veranstalteten Brimborium von Tollheit, Spuk und Hexerei.

Keine der Geistererscheinungen hatte überhaupt nur daran gedacht, ihm einen Hinweis zu geben oder ihn überhaupt nur anzuhören, alle hatten sie immer nur von sich selber geredet und dem Leiden das ihnen widerfahren war. Schleppfuß erinnerte sich, darüber ungeduldig oder gar verärgert und zornig gewesen zu sein, aber jetzt kam ihm diese Reaktion völlig ungerechtfertigt vor, wie auch sein Beharren darauf, er habe mit dem Leid anderer Menschen nichts zu schaffen. Vielleicht war das alles nur vorgeschoben und eingeredet.

Schleppfuß' Geist versank wieder in einen rastlos betriebsamen Dämmerzustand, wie schon auf dem Weg zum Dom und vor der Alten Hofhaltung. Das was auch immer in ihm mit ungeheurer Geisteskraft und -schärfe da dachte, eine kleine empirische Nebensächlichkeit wie dass er ja die Spur verloren und vorläufig wenig Aussicht hatte sie wiederzufinden und es demnach nie zu einer Disputation mit dem Sandmann über die Letztbegründung von Moral kommen würde, interessierte diese Intelligenz nicht, sie arbeitete einfach weiter, wälzte Gedankenblöcke und -komplexe von einer Seite auf die andere um, verwarf, stellte vorläufig hin, türmte aufeinander, riss wieder ein, verschob, und beinah meinte Schleppfuß – dessen engeres bewusstes „Ich" über dieses ganze chaotische Getümmel staunend hinblickte wie über einen gewaltigen dampfenden Hexenkessel oder eine Schlucht in der riesenhafte namenlose Ungetüme Frondienste verrichteten – beinah meinte er mittendrin schon den groben Verlauf einer Linie zu erkennen, entlang welcher sich die Argumentation seines fertigen Vernunft- oder Wissenschafts-Werks orientieren würde.

Dem Dozenten wurde bewusst, dass er offenbar schon länger regungslos in das dunkle Wasser gestarrt hatte. Er musste schleunigst etwas tun um die Spur wiederzufinden, ganz egal wie aussichtslos es sein mochte, er konnte doch hier nicht einfach warten bis Mitternacht und den Sandmann sein grausames *opus magnum* vollenden lassen?! Schleppfuß wollte sich schon umwenden, als plötzlich etwas im Wasser seine Aufmerksamkeit auf sich zog.

Seine Augen konnten kaum etwas erkennen, er meinte schon sich geirrt zu haben oder durch einen Lichtreflex getäuscht worden zu sein, da sah er es wieder, und deutlicher: Dort unten im Wasser, inmitten der kleinen Wirbel und zersplitterten Lichter und Wellen, direkt unter ihm vor der Brücke, trieb ein Gesicht, ganz knapp unter der Oberfläche, und blickte ihn mit Augen starr an. Schleppfuß hielt sich fester am Brückengeländer fest und zwang sich weiter hinzusehen, und nicht an irgendetwas Grausiges zu denken was ihm im Zusammenhang mit im Wasser treibenden Gesichtern in den Sinn kommen wollte. Er sah in das Gesicht, und was er dachte war: Da ist ein Mensch wie ich, ein anderes Ich, ein Ich das ich nicht bin.

Aber wie konnte das sein? Ich bin – *nicht?* – dachte Schleppfuß, bestürzt im ersten Moment. Dann beruhigte er sich: Nun ja, es war ja nicht ganz auszuschließen dass es noch ein anderes Ich außer ihm gab, und seine eigene Existenz als Ich wurde davon nicht infrage gestellt. Vielleicht sogar im Gegenteil. Aber warum blickte ihn dieses andere Ich von dort drunten aus dem Wasser an, war es nicht eher ungewöhnlich für ein Ich, seine physische Repräsentation so lange schon unterhalb einer Wasseroberfläche zu platzieren?

Schleppfuß beschloss, sich danach zu erkundigen und fragte also höflich: „Verzeihen Sie bitte falls ich Ihnen damit zu nahe trete, aber als ich Sie eben bemerkte drängte sich mir unwillkürlich die Frage auf, weshalb Sie sich ausgerechnet an diesen wässrigen Aufenthaltsort verfügt haben?"

Schleppfuß, kaum hatte er die Frage gestellt, drehte unwillkürlich den Kopf zur Seite, vielleicht hatte dort eine Bewegung seine Aufmerksamkeit auf sich gezogen. Einen kleinen Abstand neben ihm am Brückengeländer lehnte ein im schlechten Licht nur undeutlich zu erkennender Mann, der zuvor ganz gewiss nicht da gewesen war. Seine Hände waren umwickelt mit einem Bündel grauer Lumpen, die Kleidung war an einigen Stellen eingerissen und verschmutzt, und über seine rechte Schläfe lief eine deutliche Schramme. Unzweifelhaft ging es dem Fremden körperlich nicht zum besten, Schleppfuß war sogar überzeugt er fühle einen andauernden bald dumpfen, bald schneidenden Schmerz; aber nichts von alledem war in seinem äußeren Gebahren zu bemerken, vielmehr hielt der Mann sich aufrecht, und blickte gelassen, beinahe heiter und freundlich dem Dozenten in die Augen. Traurig, aber ohne die mindeste Spur von Bitterkeit, sagte der fremde Mann: „Unschuldig bin ich in das Gefängnis gekommen, unschuldig bin ich gefoltert worden, unschuldig muss ich sterben. Denn wer in dieses Haus kommt, der muss ein Hexer werden, oder er wird so lange gefoltert, bis er etwas erdichten muss und sich erst, Gott erbarme es, etwas ausdenken muss. Verzeihen Sie übrigens falls ich Sie erschreckt haben sollte, das ist sonst meine Art nicht, aber ich hatte mich eigentlich an einen abgeschiedenen Ort zurückziehen wollen und nicht mit Gesellschaft gerechnet." „Dann bitte ich Sie nochmals um Verzeihung für die Störung", sagte Schleppfuß und er meinte es wirklich so, „besonders wo Ihnen offenbar schon von anderen Menschen großes Leid angetan worden ist."

Er sah den anderen still an. Was war das für ein Mensch? Warum nur hatte man ihm Leid angetan? Schleppfuß fühlte sich ganz hilflos und hätte am liebsten gesagt, wie wenig gleichgültig ihm dies war und noch so Vieles das er noch nicht einmal innerlich formulieren konnte, und äußerlich schon gar nicht. Vielleicht, wenn er nachfragte? Aber wie, ohne dem Fremden zu nahe zu treten dabei? Jener schien seine Gedanken zu erraten und sprach: „Machen Sie sich kein allzu schlechtes Gewissen in meiner Sache. So mancher ehrliche Mann und manche ehrliche Frau geht in Bamberg in die Kirche und zu seinen anderen Geschäften. Er weiß nichts Böses und hat ein gutes Gewissen, genau wie ich bis zu meiner Gefangennahme. Nichtsdestoweniger wird er in dem Hexenhaus angegeben, und wenn er nun im Gerücht steht, muss er fort, sei er rechtschaffen oder nicht. So geht es gar vielen, und es wird noch vielen so ergehen, wenn Gott kein Mittel schickt." Schleppfuß sah dem seltsamen Mann ins Gesicht und fragte: „Also auch Sie hat man denunziert?"

„Gleich sechs Personen", sagte der Mann gleichmütig, „haben mich denunziert, der Kanzler, sein Sohn, Neudecker, Zar, Ursel Hoffmeister und die Hopfen-Else. Alle falsch und aus Zwang, wie sie später bekannten, und haben um Gottes willen Abbitte geleistet, bevor sie gerichtet wurden, und zwar mit den Worten, sie wüssten nichts außer Liebes und Gutes über mich. Sie hätten es sagen müssen." Schleppfuß schwieg. „Es muss ein jeder Leute denunzieren, wenn man auch nichts von jemandem weiß.", fuhr der Fremde fort. „Sie lassen mit dem Foltern nicht nach, bis man etwas sagt. Man kann so fromm sein, wie man will, man wird doch zum Hexer. Es kommt auch niemand frei, selbst wenn er ein Graf wäre, und wenn Gott kein Mittel schickt, so dass die Wahrheit an den Tag kommt, wird die ganze Familie verbrannt."

Schleppfuß fragte leise: „Aber wie konnte das denn nur zugehen, dass man Sie als Unschuldigen so hart gestraft hat? " „Ich will Ihnen denn erzählen wie es zugegangen ist. Als ich das erste Mal zum Verhör geführt wurde fragte mich einer der Doktoren, Doktor Braun: 'Schwager, wie kommt Ihr hierher?' Ich antwortete: Durch das Unglück. 'Hört Ihr ', sagte er, 'Ihr seid ein Hexer! Wollt Ihr es freiwillig gestehen? Wenn nicht, so wird man Euch Zeugen bringen und den Henker zur Seite stellen.' Ich sagte, ich bin verraten, ich habe ein reines Gewissen in dieser Sache. Und wenn es auch tausend Zeugen wären, so macht mir das keine Sorgen. Aber ich will die Zeugen gerne anhören. Nun wurde mir des Kanzlers Sohn vorgestellt. Da fragte ich ihn: Herr Doktor, was wisst Ihr über mich? Ich habe Zeit meines Lebens weder im Guten noch im Bösen etwas mit Euch zu tun gehabt. Da gab er mir die Antwort: 'Herr Kollege, wegen des Landgerichts. Ich bitte Euch um Verzeihung – in der Hofhaltung habe ich Euch gesehen! ' Ja, wie aber? Er wisse es nicht. So bat ich die Herren Kommissare, man solle Ihn vereidigen und genauestens befragen. Doktor Braun sagte, man werde es nicht so machen, es genüge, dass er mich gesehen hat. Ich sagte: Ihr Herren, was ist das für ein Zeuge? Wenn es so abläuft, dann seid Ihr ebensowenig sicher wie ich oder jeder andere ehrliche Mann. Doch man schenkte mir kein Gehör."

Schleppfuß schwieg, sah den anderen an und hörte aufmerksam zu. Der Mann warf ihm einen kurzen Blick zu, und sprach dann mit Ruhe weiter: „Ich beschwor die Herren, um Gottes willen, Sie hörten doch, dass das lauter falsche Zeugen wären. Man sollte sie doch vereidigen und richtig befragen. Man hat es aber nicht tun wollen, sondern es wurde gesagt, ich sollte cs freiwillig bekennen oder der Henker würde mich wohl zwingen. Ich gab zur Antwort, ich habe Gott niemals verleugnet, und ich werde es auch nicht tun. Gott solle mich auch gnädig davor behüten. Ich wollte eher alles ausstehen, was ich sollte. Hierauf kam leider, Gott erbarme es im höchsten Himmel, der Henker und hat mir den Daumenstock angelegt und beide Hände zusammengebunden, bis das Blut zu den Nägeln und überall sonst herausdrang, so dass ich die Hände vier Wochen nicht habe gebrauchen können."

Schleppfuß schluckte. Der andere warf ihm einen

besorgten Blick zu, und Schleppfuß bedeutete ihm stumm er möge weitersprechen wenn er wolle.

„Danach", sagte der Mann, und der heitere, freie Ausdruck in seiner Miene verdüsterte sich nur um eine winzige Nuance, „hat man mich erst aufgezogen, die Hände auf den Rücken gebunden und mich in der Folter in die Höhe gezogen. Da dachte ich, Himmel und Erde gingen unter. Sie haben mich auf diese Weise sechs Mal aufgezogen und wieder fallen lassen, so dass ich einen unseligen Schmerz empfand. Als mir nun unser Herrgott geholfen hat, habe ich zu ihnen gesagt, verzeihe Euch Gott, dass Ihr einen ehrlichen Mann so unschuldig quält. Ihr wollt ihn nicht allein um Leib und Seele, sondern auch um Hab und Gut bringen. Da sagte der Doktor Braun: 'Du bist ein Schelm!' Ich sagte: Ich bin kein Schelm, auch kein solcher Mann und bin so ehrlich, wie Ihr alle es seid! Nur wenn es so zugeht, dann wird kein ehrlicher Mann in Bamberg sicher sein, Ihr genausowenig wie ich oder irgendein anderer. Da sagte der Doktor, er wäre nicht vom Teufel angefochten. Ich sagte: Ich auch nicht, aber Eure falschen Zeugen, das sind die Teufel, und Eure scharfe Folter, denn Ihr lasst keinen frei, selbst wenn er jegliche Folter aussteht."

Die Reaktion des gefolterten Mannes nötigte Schleppfuß ein Gefühl von Bewunderung ab, das in dieser Art schon einmal empfunden zu haben er sich nicht erinnern konnte. Er hatte das Spiel durchschaut, die Niedertracht und Geldgier seiner Peiniger, und doch hatte er Gott für sie um Verzeihung angerufen. Und dies alles erzählte er ohne den mindesten Groll, fest, und ohne Selbstbedauern! Schleppfuß warf ein: „Aber für Sie als gebildeten und intelligenten Menschen, gab es denn für Sie wirklich überhaupt gar kein Mittel wieder frei zu kommen, und Ihre Unschuld zu erweisen?" Der Mann antwortete: „Als der Henker mich wieder in das Gefängnis führte sagte er zu mir: 'Herr, ich bitte Euch, um Gottes willen, bekennt etwas, sei es nun wahr oder nicht! Denkt Euch etwas aus, denn Ihr könnt die Marter nicht ausstehen, die man Euch antut. Und wenn Ihr sie auch alle aussteht, so kommt Ihr doch nicht frei, selbst wenn Ihr ein Graf wäret, sondern es folgt eine Folter auf die andere, bis Ihr sagt, Ihr seid ein Hexer, und bis Ihr etwas bekennt. Erst dann lässt man Euch zufrieden, wie aus allen ihren Urteilen zu sehen ist, das eine lautet wie das andere.'

Ich sollte sagen, ich sei ein Hexer und bin es nicht! Ich sollte Gott erst verleugnen, ich habe es zuvor nicht getan. Ich habe Tag und Nacht sehr mit mir gerungen, schließlich kam mir in der Nacht im Gebet die Eingebung, ich sollte unbekümmert sein. Da ich keinen Priester habe bekommen können, mit dem ich mich beraten konnte, sollte ich mir etwas ausdenken und es einfach sagen. Es wäre ja besser, ich sagte es nur mit dem Mund und mit Worten und hätte es aber nicht tatsächlich getan. Ich sollte es danach beichten und es die verantworten lassen, die mich dazu nötigen. Danach habe ich dann nach dem Pater Prior des Predigerklosters verlangt, ich habe ihn aber nicht bekommen können. Meine Aussage sind lauter Lügen und erfundene Sachen, so wahr mir Gott helfe."
Schleppfuß schwieg, und auch sein Gegenüber schien nichts mehr sagen zu wollen. Dann schien ihm noch etwas einzufallen, denn er wandte sich Schleppfuß zu, und sagte: „So haben Sie nun meine Geschichte gehört, die Geschichte eines, der so unschuldig stirbt wie

ein Märtyrer. Aber ich werde Sie aufgehalten haben, denn das war doch wohl nicht der Grund weshalb Sie hierher gekommen sind zu so später Stunde?"

Schleppfuß erwachte wie aus einem Traum. „Nein, in der Tat nicht.", sagte er, „wie gut dass Sie mich dessen erinnern! Nämlich hatte ich mich aufgemacht, so weit es in meinen Kräften steht ein Leiden zu verhindern, dass erst noch zukünftig geschehen wird, und meine Aufgabe führte mich hierher; nur leider habe ich die Spur verloren, sodass mein Versagen von anderen Unschuldigen wohl gleichfalls furchtbar bezahlt werden wird." „Das ist nicht gesagt. Wer lebt, soll hoffen." „Sie sind ein bewundernswürdiger Mensch. Ich werde es versuchen, aber meine Hoffnung ist im Ausgehen begriffen. Leben Sie wohl", sagte Schleppfuß tragisch und wollte sich verabschieden. „Halt, nicht so eilig, guter Mann", sagte der Fremde, „ich möchte Ihnen noch ein Angebinde machen."

Schleppfuß blieb gleichgültig. Was konnte dieser arme Mensch, der selbst so vieler Hilfe wert war, ihm schon schenken? Der seltsame Mann zog einen Gegenstand aus der Tasche und hielt ihn Schleppfuß hin. Es war eine kleine Glocke aus blauem Glas. „Wer sind Sie?", fragte Schleppfuß unvermittelt. Es war ihm vorher gar nicht eingefallen, sich zu erkundigen. „Johannes Junius, gewesener Bürgermeister von Bamberg.", antwortete der Fremde. „Haben Sie vielen Dank, Herr Junius", sagte Schleppfuß ernst, „möge Ihnen Ihre Großmut reichlich vergolten werden." Er nahm die kleine Glocke und steckte sie in die Tasche, und als er wieder aufsah, war Johannes Junius verschwunden und nichts mehr von ihm auf der Brücke zu sehen. Schleppfuß zuckte die Achseln, und zog sein Geschenk aus der Tasche hervor.

XIII. Presto agitato

Schleppfuß sah sich noch einmal um, aber weit und breit war kein Mensch. Darüber machte er sich keine weiteren Gedanken, aber er bekam mit, wie sich das Wetter inzwischen geändert hatte.

Hoch oben schien die Luft zu fiebern, oder eine Schlacht mochte dort fern über den Hausdächern toben, deren dumpf grollende Explosionen bald hier, bald dort das Gewölk von innen heraus aufglühen ließen. Am Himmel hing in großen Falten ein grauer schwüler Nebel, den ein Riesenschatten wie ein Netz immer näher, enger und heißer hereinzog. In der Finsternis war schlaglichtweise zu sehen wie die Wolken wuchsen, sich zerteilten oder vereinigten, ihre dunkelblaue oder schwarze Masse sich zu den phantastischsten Formen ballte. Ein eisiger Wind peitschte einige hellgraue Fetzen vor sich her, die er von den ungeheuren Wolkenmassen abgerissen haben musste, es konnten aber auch Rauchschwaden sein.

Schleppfuß fröstelte. Er betrachtete die Glocke, auf der sich einige der aufzuckenden Lichter schwach widerspiegelten. Er hielt sie hoch bis sie sein ganzes Gesichtsfeld einnahm, und sachte vor seinen Augen hin und her pendelte.

Da plötzlich griff es wie grelle Krallen aus einer Wolke, der Himmel riss auf, schleuderte ein Meer brüllenden Feuers heraus, geblendet schloss Schleppfuß die Augen, und dann, mit einem Mal, sah er, wie der Glocke Füße wuchsen, die sich unter ihrem Rand herausstreckten, und die Glocke, beinahe anzusehen wie eine würdige und füllige Matrone in weitem Wintermantel, von seiner Hand herunter sprang und auf den Boden, und, eiligen, etwas tapsigen aber energischen Schrittes, auf ihren Beinchen von ihm davon watschelte.

Schleppfuß war vollkommen perplex, kam aber gar nicht dazu sich weiter zu wundern – was sollte ihn am heutigen Abend noch überhaupt wundern? – und rannte der Glocke hinterher.

Er war bald außer Atem, so flink stakste das kleine Ding in seinem wuseligen Geschwindeschritt vor ihm her, er musste sich beeilen um folgen zu können! Die Glocke rannte von der Oberen Mühlbrücke zurück den Weg den er gekommen war, vorbei an dem Wirtshaus und zurück durch Concodiastraße und Judenstraße, auf das Hegelhaus zu, unbekümmert um irgendwelche störrige Lichsignalkasten-Nichtiche. Ein harsches Prasseln hob rings umher an während Schleppfuß rannte und keuchte, er spürte wie eiskalter Regen auf ihn herabfiel, aber achtete kaum darauf, um die Glocke nicht aus dem Blick zu verlieren. Wie sie hüpfte, über Pflastersteinecken stolperte, purzelte, sich überkugelte, kollerte, Gottseidank unbeschadet blieb, sich aufrichtete, schüttelte, und unverdrossen weiterwackelte! Über Stock und Stein ging's, die Roppeltsgasse wieder hinauf, und gleich wieder die Rampe auf der anderen Seite hinunter, sodass Schleppfuß überhaupt keinen Blick mehr nach links und rechts verschwenden konnte. Es blitzte und krachte rings umher entsetzlich. Und längst schon war die kleine blaue Glocke nicht mehr allein. Zu ihr hatte sich ein Schwarm der wunderlichsten Kreaturen und bizarrsten Wesen gesellt, eines abenteuerlicher und fabelhafter und buntscheckiger als das andere, und allesamt kaum kniehoch!

Trommel, Geige, Schalmei und Dudelsack auf staksigen Beinchen gleich der Glocke hatten sich eilig angeschlossen. Nebenher rollte ein außergewöhnlich großes zartrosa marmoriertes Ei, und auf dem Bock einer kleinen Kutsche saß ein winziger Oktopus und trieb die als Zugtiere vorgeschirrten Feuersalamander an. Ein roter Hase mit einem mächtigen Geweih hoppelte nebenher, umschwirrt und hart geplackt von drei großen metallisch blau schimmernden Insekten. Eine bekrönte, sehr fette Maus mühte sich, nicht den Anschluss zu verlieren an das blanke Messer, den Korkenzieher und die glühende Zange vor ihr, die sich mithilfe kleiner Rädergestelle fortbewegten, und einen gepanzerten Lanzenreiter auf einem riesigen Grashüpfer. Vor ihnen rumpelte ein respektables Weinfass des Weges, angetrieben von einem fluchenden Gartenzwerg mit Frankenfahne und weißer Fahne auf der linken Schulter, der seinerseits angetrieben wurde von einer vogelscheuchendürren zänkischen Weibsperson. Voraus preschte ein stattlicher Wildschweineber, der anstatt der Haxen vier Räder hatte, dicht gefolgt von einem Frosch, der auf einem gesattelten Hahn voltigierte. Ein Harlekin stolperte mehr auf Händen als Füßen in dem konfusen Haufen vorwärts, und ein Gaukler mit grinsend geöffnetem Mund und einer mit Glöckchen behangenen bunten Kappe drehte Schleppfuß eine Nase, während ein Spielmann auf der seinigen laut trötete.

Immer unglaublichere Phantasiewesen fanden sich ein, die aberwitzigsten Mixturen aus Mensch und Tier, Hundsköpfige, Fischschwänzige, Bauchgesichtige, solche mit überzähligen Gliedmaßen und Köpfen, Bockshörnige, Kalbsköpfige, Vogelfüßige, Bauchgesichter, und Einfüßige, die mühsam vorwärts hüpften, alle naselang umfielen und von ihren Kameraden aufgeholfen bekamen. Chimären waren darunter, als deren Schweif eine grüne Schlange züngelte, ein Totengerippe mit einem Federhut, ein Reiher mit einem Monokel, Drei- oder Mehrbeinige, die sich mit den zusätzlichen Gliedmaßen hinter den Ohren kratzten, Zweileibige, deren eine Hälfte im Streit mit der anderen zeterte. Der Lärm, den dieses muntere Bestiarum erhob, das Quäken, Rasseln, Brummen, Tröten, Fauchen, Fluchen, Rattern, Fiepen, Muhen, Poltern, Scharren, Jauchzen, Schnattern, Trommeln, Plärren, Krähen, Schalmeien, Zischen, Grunzen, Dudeln, Hoho-Rufen, Quinkilieren ist überhaupt kaum zu beschreiben.

Sie umringten Schleppfuß der sich an ihre schweinsgaloppichten Fersen geheftet hatte, rissen die Mäuler auf und rollten mit den Augen, streckten ihm die Zunge heraus, bleckten die Zähne gegen ihn, hoben die Hände und zeigten mit Fingern und Krallen und Pfoten auf ihn, gestikulierten und drohten, sodass der arme Dozent kaum wusste wie ihm geschah.

Nur schwach und ganz nebenbei kam ihm eine Szene aus seiner Zeit in der Grundschule in den Sinn, wo ihn während eines Festes einmal die anderen Kinder in ganz ähnlicher Weise umringt und den Weinenden drei Mal ums Schulhaus gejagt hatten, bis es ihm gelungen war, versteckt in einem Winkel der geifernden Meute zu entkommen. Schleppfuß hatte vollauf damit zu tun, die wuselnde Glocke im Getümmel nicht aus den Augen zu verlieren und mit ihr Schritt zu halten.

Sie hatten das Eiserne Tor durchquert, nun ging es die Straße steil hinunter und nach links um eine Ecke, die Horde lärmte, Schleppfuß hörte den eigenen gehetzten Atem und seinen Herzschlag laut in den Schläfen, Blitze zuckten, es donnerte und Regen prasselte in großen kalten Tropfen vom Himmel, doch es ging

146

weiter, weiter. Da plötzlich aber rief eine starke Stimme: „Halt!" und sofort kam der ganze Tross zum Stehen. Schleppfuß schwindelte, er musste sich an eine Hauswand lehnen, vor seinen Augen flimmerte es, und der Regen begann seine Jacke zu durchdringen, längst hatte er den Hut irgendwo verloren, sodass sein unbedecktes Haupt dem ungemütlichen Wetter schutzlos ausgesetzt war.

Er fühlte sich umzingelt von den mannigfachen verschiedenen Gestalten und Schemen, die um ihn her lärmten und tobten und deren Zahl Legion geworden war, ein Getümmel und Gemenge, das er längst nicht mehr überblicken konnte. Einzelne Gebärden, eine Art den Kopf zu neigen oder die Hand auszustrecken etwa, stießen in ihm flüchtige Erinnerungen an, als habe er dergleichen schon einmal bei jemand ihm bekanntem gesehen, aber mehr wusste er nicht mehr, eigentlich war es nur die Erinnerung an eine Erinnerung.

Der Lärm der ihn umbrauste, schien sich von ihm entfernt zu haben, und erreichte ihn nunmehr gedämpft. Schleppfuß' Geist, gespornt, gehetzt, um sein Leben kämpfend in der Bewältigung eines solchen Wusts von Widersinn und Irrationalität, hatte seine rastlose Tätigkeit ins Ungeheure gesteigert, er türmte Reflexion auf Reflexion und Konstruktion auf Konstruktion, rechnete, zirkelte, riss ein, reihte Begriffe an Urteile und Schlüsse und Schlüsse aus Schlüssen. In schauerlicher Konfusion umringten ihn die Schemen. Da, jetzt glaubte er ein Lächeln aufgefangen zu haben – hier einen traurigen Ausdruck – aber schon hatten sie die Gesichter abgewandt und waren unter den anderen Gestalten verschwunden. Mit ungeheurer Macht arbeitete die gewaltige Maschinerie seines Geistes;

oder war es überhaupt noch sein eigener Geist, oder wessen Geist, der da mit solcher Intensität dachte?

Eine Faust sah Schleppfuß gegen sich geballt, ein zorniges Auge funkelte, in greulicher Verzerrung eine Grimasse erschien und wandte sich und war fort, und er kannte sie nicht und glaubte doch er müsse sie kennen. Nur noch ein einziger dumpfer, langgezogener Ton drang von weit her an sein Ohr, und doch wusste Schleppfuß, dass in diesem einzigen Ton, dass die ganzen so verschiedenartigen Geräusche in diesen einzigen Klang aller Klänge zusammengeschmolzen waren. Es war unmöglich zu entscheiden ob es ein hoher oder tiefer Klang war, er war so unglaublich komplex und farbenreich, erstreckte sich ohne Veränderung von einem Ende des hörbaren Spektrums bis zum anderen, und war doch in sich bewegt und nuancenreich, hatte in sich ein Abnehmen und Kommen, und schillerte in allen Farben, und durchdrang alles und hüllte alles ein.

Immer mehr zerfaserten sich die Gestalten um Schleppfuß her, ihre Konturen lösten sich auf und zerflossen in immer vagere Unbestimmtheit. Ein eisiger Atem wehte ihn an, auch glaubte er knöcherne Finger würden ausgestreckt auf ihn zeigen. Roch es nicht nach modrigem Wasser und Schlamm? Was platschte dort heran? Waren es nicht wassertriefende dunkle Gestalten, die sich dort mühsam und schleppend aber unerbittlich auf ihn zu bewegten, Schlammpfützen auf dem Boden hinter sich her ziehend? Entsetzen hatte Schleppfuß ergriffen, wie Fieber und Frost zugleich. Seine Rationalität konstruierte gänzlich unbeirrt davon weiter mit zwingender mechanischer Notwendigkeit. In wächsernen Händen flacker-

148

ten Kerzen. Zahnstumpen wurden sichtbar. Unendlich langsam öffnete sich vor ihm ein Paar weißer Augen.

Um Schleppfuß her waren Regen, Kälte, Wetter, alle Häuser und ganz Bamberg, Himmel und Erde untergegangen und versunken. Nicht mehr achtete er ihrer, was waren sie denn als für einen Wimpernschlag aufscheinende Bilder, Masken, Irrlichter, Staffagen, buntschillernde Nebelgebilde, die sich entfärben und zerflattern mussten schon im nächsten Augenblick, ein Spiel der Nichtigkeiten mit sich selbst, herauf und herunter und herüber und nacheinander, das einen eine Weile ergötzen mochte, eine Weile peinigen, sich beruhigen, dann wieder von Neuem anheben, mit neuen sich hereindrängenden Schemen, ebenso nichtigen wie den vorigen. Sonnen gingen auf über unermesslichen Wüsteneien, eine um die andere wehte der Orkan aus im Sternen-Schneegestöber, in einer ewigen Nacht, durch die Milchstraßen wie Silberadern gingen und Sterne wie Leuchtkäfer glimmten und verloschen, Weltgebäude aneinander schlugen und zerbarsten in ohrenbetäubendem Getöse, Sturm eisern über Korallenbänke schlagender Herzen hinwegfegte, und Frost und Hitze sie sengte und zu Asche verbrannte und die Staubwolken in die Unermesslichkeit verweht und zerstreut wurden.

Noch konstruierte Schleppfuß, oder vielmehr: Es konstruierte sich, das in allem war, in der chaotischen Mannigfaltigkeit und dem unaufhörlich brausenden umwälzenden Wirbel der kläglichen Seienden und Schatten und Schemen und Erscheinungen in ihrem Entstehen und Vergehen. Und dann, da Schleppfuß alles aufgegeben und weggegeben hatte, von allem verlassen war und alles verlassen hatte, nichts mehr verlangte, hoffte, nichts wusste, ja sich selbst verlas-

sen hatte und zu Grunde gegangen war – – – – – – – –
– –

XIV. Cavatina

Schleppfuß erwachte wie vom Tode.

Unser Ich wird außer sich, d. h. außer seiner Stelle,
gesetzt. Seine Stelle ist die, Subjekt zu sein. Nun kann
es aber gegen das absolute Subjekt nicht Subjekt sein,
denn dieses kann sich nicht als Objekt verhalten. Also
es muß den Ort verlassen, es muß außer sich gesetzt
werden, als ein gar nicht mehr Daseiendes. Nur in
dieser Selbstaufgegebenheit kann ihm das absolute
Subjekt aufgehen, kam ihm in den Sinn, aber er wusste noch nicht was es mit ihm zu tun haben könnte.

Als er wieder wagte die Augen zu öffnen, stand er
allein vor dem Haus Zur blauen Glocke in der Sandstraße im eisigen nächtlichen Regen, und hörte es
oben vom Michelsberg dreiviertel zwölf schlagen. An
seinen Wangen rannen warme Tropfen hinab.

Er wischte sie ab und trat einige Schritte zurück, um
das Haus betrachten zu können. Schleppfuß hätte
nicht zu sagen gewusst wie es ihm ging. Er fühlte sich
müde, war nass und fror, aber irgendwie machte ihm
das nichts aus. In ihm war Ruhe und Klarheit, seine
Gedanken liefen in gerader, leuchtender Linie weder
besonders schnell noch besonders langsam, sondern
genau in der richtigen Geschwindigkeit, und von
ihnen ging eine wohltuende leise Kraft aus. Drinnen
im Haus brannte Licht, es waren also vermutlich
Menschen darin, die froh waren im Warmen und Tro-
ckenen dem schlechten Wetter entgehen zu können;
man konnte etwas gedämpft ihre Stimmen und Gelächter herausklingen hören. Auf der Straße war, wie
Schleppfuß sich überzeugte, kein lebendes Wesen zu
sehen. Über der Tür des Hauses war ein Relief in wei-

ßem Stein angebracht, das einen Kämpfer mit Helm und einer Lanze zeigte, der eine scheußliche sich zu seinen Füßen windende Drachenkreatur aufspießte.

Schleppfuß wusste klar und deutlich, was ihn an diesen Ort verschlagen hatte, er war auf der Suche nach den vom Sandmann entführten Studierenden der Philosophie, die bei ihm gehört und am letzten Stammtisch über das Böse diskutiert hatten. Der Sandmann hatte ihn, Schleppfuß, zu einer Disputation auf Leben und Tod der Entführten über die Letztbegründung der Moral eingeladen, und er hatte sich auf dessen Spiel eingelassen, und quer durch die Bamberger Altstadt die Suche anhand der mehr oder minder deutlichen Hinweise aufgenommen. Der Sandmann hatte ihn gefoppt und genarrt mit allerlei Spukgestalten und Geistererscheinungen, aber ihn doch nicht von seinem Vorhaben abbringen können, noch sein rationales Reflektieren zum Erliegen. *Ich bin ich.* Schleppfuß erinnerte sich, welche Energie und Schärfe sein Denken angenommen hatte inmitten aller seiner argen Bedrängnis, umtobt von den chaotischen Schemen und wechselnden Gestalten. Nun aber stand er hier in sicherer Ruhe. Er hatte getan und war dabei zu tun was er konnte um den Sandmann aufzusuchen und ihm seine Argumentation vorzutragen, und es war gut, mochte es gelingen oder nicht, mochte der Sandmann anerkennen was er vorzubringen hatte oder nicht, mochte er Grausamkeiten verüben so schrecklich und so viel und lang er wollte.

In dem Relief vor ihm wurde immerhin, dachte Schleppfuß, der Drache als Symbol des Bösen in den Staub getreten von Georg oder Michael, dem Vertreter des Guten in dem zugrunde liegenden Mythos. Schleppfuß wusste nun auch mit vollkommener Evidenz, wo der Sandmann sich und die entführten Studierenden versteckt hielt: er hatte sie nach St. Michael gebracht, in die einst gotische, später barockisierte Kirche des ehemaligen Klosters auf dem Michelsberg. Damit hatte er eine ebenso effektvolle wie kluge Wahl getroffen, denn die Kirche war seit einiger Zeit für Besucher gesperrt und einsturzgefährdet. So schnell würde dort niemand suchen, und für die Eingeschlossenen musste die Aussicht, verschüttet zu werden, in jedem bangen Moment eine zusätzliche Qual bedeuten.

In dem Bauwerk hatten sich zahlreiche Risse und Schäden durch Setzungen im Gründungs- und Fundamentbereich entwickelt. Der immense Schub des Gewölbes drückte die Obergadenwände auseinander, sodass sie längst nicht mehr lotrecht standen; das Dachtragewerk, alt und morsch, befallen von Pilzen und Kleintieren, konnte die Wände an der Traufe nicht mehr zusammenhalten. Das Langhausgewölbe hatte sich im Mittelbereich darum schon abgesenkt, und die Decke zeigte deutliche Risse, auch die Maßwerke der Fenster waren oft geschädigt. Soweit sich Schleppfuß erinnerte, war ein vergleichbarer Fall noch in keiner Kirche der Welt vorgekommen, und so sehr man sich bemühte wusste man doch nicht mit letzter Sicherheit zu sagen was man tun konnte, um das Gebäude zu retten, und vermutlich würde es eines Tages einfach in sich zusammenfallen.

St. Michael war nicht weit von hier, aber er hatte nur noch eine Viertelstunde! Zügig, aber ohne sich gehetzt zu fühlen, machte Schleppfuß sich auf den Weg. Er ging die Schrottenberggasse hinauf, mit ihren oft nur zweigeschossigen Kleinbürgerhäusern, deren Dächer im nächtlichen Regen und dem matten Schimmer der

Laternen friedlich glänzten. Auf der rechten Seite gab es einen Türklopfer, der geformt war wie eine abgetrennte Hand. Schleppfuß sah ihn wohl, aber er setzte gleichmütig seinen Weg fort. Er ging um eine Biegung, sah nun wieder das Eiserne Tor vor sich, bog aber diesmal nach rechts in die Aufseßstraße ein und setzte zwischen den Mauern des Rosengartens und des Michelsberger Parks Schritt vor Schritt. Über die Mauer ragten die Zweige der in der Nacht schwarzen Büsche, und den Hang hinauf, soweit er über die Mauer hinweg sichtbar war, wuchsen Obstbäume und Sträucher.

Dort oben auf dem Berg stand das Kloster St. Michael! Schleppfuß konnte die goldenen Kugeln auf den beiden Turmspitzen regennass funkeln sehen. War der Sandmann dort oben? Geisterte nicht hinter den Fenstern ein Licht hin und her wie eine ruhelose böse Seele? *Wenn man in der Kindheit erzählen hört*, dass die Toten um Mitternacht, wo unser Schlaf nahe bis an die Seele reicht und selber die Träume verfinstert, sich aus ihrem aufrichten, und dass sie in den Kirchen den Gottesdienst der Lebendigen nachäffen: so schaudert man der Toten wegen vor dem Tode; und wendet in der nächtlichen Einsamkeit den Blick von den langen Fenstern der stillen Kirche weg und fürchtet sich, ihrem Schillern nachzuforschen, ob es wohl vom Monde niederfalle.

In der Mauer neben Schleppfuß befanden sich einige Stationen eines Kreuzweges – um 1500 gestiftet von Heinrich Marschalk von Ebneth zu Rauheneck und angeblich der älteste vollständig erhaltene Kreuzweg Deutschlands – als Reliefdarstellungen. Er begann an St. Elisabeth und führte nach St. Getreu, und bemaß seine Länge nach dem Schrittmaß des Leidensweges

Christi in Jerusalem. Schleppfuß hatte die Station passiert, wo Maria ihrem Sohn begegnet und vor *grosem hertzenleyd amechtig* wird. Einige Meter weiter, an der Station, wo Simon von Kyrene gezwungen wird das Kreuz zu tragen, blieb Schleppfuß kurz stehen und ertastete in seiner Jackentasche einen harten Gegenstand. Es war ein Messer. Er erinnerte sich, es mitgenommen zu haben als er sich auf die Suche nach dem Sandmann und den Entführten machte, in dem Gedanken, vielleicht würde er es brauchen können und es sei sicherer so. Nein, er *wollte* das furchtbare Ding nicht gebrauchen, was auch geschehen mochte. Abgewandten Gesichts warf Schleppfuß das Messer über die Mauer in die Hecke. Im Weitergehen war ihm wohler und leichter.

An einer Stelle hatte jemand mit Graffiti den von einer Straßenlaterne geworfenen Schatten auf dem Boden nachgezeichnet, und Schleppfuß musste über den Einfall lächeln. Schon auf Höhe des Aufseesianums, eines im 18. Jahrhundert errichteten Seminars für Studenten des Bamberger und Würzburger Bistums, ragte ein Erker aus der Wand, an dessen Ursprung – wie Schleppfuß sich gelassen versicherte – wieder eine Dämonenfratze grinste. Er bog in die Michelsberger Straße ein mit ihren kleinen alten Häusern auf der linken und den hohen Mauern auf der rechten Seite und ihrer Reihe von Bäumen in der Mitte, deren Blätter im Regen und Nachtwind leise wisperten und glänzten, wunderschön anzuhören und zu sehen wie Schleppfuß fand. Er ging den steilen Berg gerade so hinauf, dass er sich nicht hetzen oder anstrengen musste, gemessenen Schrittes, beinahe feierlich. Auf diesem letzten Weg begegnete er keinem Menschen, und es ließe sich auch nicht leicht sagen was gesche-

hen wäre, hätte ihn jemand gesehen. Selbst ein ober-
flächlicher Beobachter würde sich zweifellos über die
Erscheinung eines dunklen Mannes, der ihm auf der
nächtlichen Straße entgegen gekommen wäre, sehr
verwundert haben, und so zerzaust und nass dieser
war, wäre ihm gerade deswegen doch sicher der ruhi-
ge Ernst in dessen Haltung aufgefallen, eine nie zuvor
gesehene Schönheit und unaffektierte Würdigkeit
hätte ihn angezogen und zu Ehrfurcht und Bewunderung bewegt, und ein überlegener Geist, der sich
lichtvoll auf seiner Stirn verkündete. Eine niedrigere,
gemeine Gedanken hegende Seele wäre aber gewiss
vom ersten Blick an mit dem heißen Wunsch erfüllt
gewesen, das ihn unerträglich beleidigende bloße *Dasein* dieses Menschen sofort und zu jedem Preis auszulöschen. Ein wieder anderer hätte sich vielleicht
aber auch von Grausen gepackt und entsetzt gefühlt,
dass es da einen gab, der sich aus dem tiefsten dunkelsten Grund von Seelenzerrüttung und zerknir-
schung zu solcher gewaltiger Stärke erhoben hatte,
dass er nichts, nichts in der Welt mehr fürchtete. Wäre
ihm aber der Mut geblieben, den Fremden anzuspre-
chen, so wäre ihm dies alsbald als Schein aufgegangen, und er wäre entzückt gewesen von der Freundlichkeit und Artigkeit, mit der ihm Schleppfuß geant-
wortet hätte und würde ihn nicht mehr für einen
Furchtbaren und Furchtlosen halten, sondern einen
demütigen und bescheidenen Menschen.
Schleppfuß durchschritt den Torbogen des alten Klosters, und als er heraus trat, öffnete sich seinem Blick
ein weiter Innenhof an dessen Stirnseite die Zwillings-
türme von St. Michael mit der nachträglich vorgebau-
ten zweigeschossigen barocken Fassade, Werk Leon-
hard Dientzenhofers, und der vorgelagerten Terrasse

seines Bruders Johann in die Höhe ragten. Zwei lebensgroße geflügelte Wächter flankierten die Treppe zum Portal, in lebhafter, aber steingewordener Bewegung. Die Fassade hing schwer an den beiden Türmen und zog sie unaufhörlich nach Westen, eine Anordnung von Säulen, Simsen, kleinen Obelisken und figurengeschmückten Nischen, die das Portal zweifach in einen nach oben offenen Rundbogen einrahmte und darüber in ein Dreieck über einem Viereck auslief, dessen Spitze ein streitbarer Engel krönte.

Eben rückte der Zeiger auf dem vergoldeten Zifferblatt unter ihm in die Höhe der Mitternacht, und aus der Ferne – nicht von den Türmen der Kirche St. Michael, ihre Glocken mussten schweigen um nicht das sich neigende Mauerwerk noch zusätzlich in Schwingung zu versetzen – aus der Ferne, von allen Enden der Stadt Bamberg, begann es Mitternacht zu läuten. Schleppfuß, ohne sich im mindesten zu eilen, näherte sich der Treppe, überstieg die Absperrung und ein das Betreten von Treppe und Kirche verbietendes Schild, und erklomm ihre Stufen. Er drückte die Klinke des Eingangstores, und sie bewegte sich, er zog einen der Torflügel auf, trat hindurch und einige Schritte in den Kirchenraum hinein. Er wusste, dass er erwartet wurde. Im schmalen Streifen Licht, das durch die geöffnete Tür von draußen herein fiel, war die Kanzel zu erkennen, und ein Stück der für ihre Bemalung berühmten Gewölbedecke.

Die Kanzel war ob ihres schwungvollen Gehäuses ein Meisterstück des Rokoko, und stellte am Korb die vier Evangelisten dar, auf dem Schalldeckel die Kirchenväter und über ihnen allen auf der Spitze den Erzengel Michael mit Flammenschwert und Harnisch, die goldenen Flügel gespreizt, wie er eben erst den sich zu seinen Füßen windenden Teufel, eine hässliche schwarze Figur, zu Fall gebracht hatte. An der Gewölbedecke der ganzen Kirche waren wie Schleppfuß von früher wusste beinahe 600 verschiedene Pflanzen in erstaunlicher Detailtreue dargestellt, die meisten von ihnen in blühendem oder Frucht tragenden Zustand. Unter ihnen befanden sich einheimische Gewächse wie Apfel, Birne, Brombeere und Buche, aber auch zur Zeit der Deckengestaltung in Deutschland kaum bekannte exotische Pflanzen wie Ananas, Baumwolle, Granatapfel, Tabak, Flieder, Jasmin und Goldregen. Das ewig blühende Herbarium hatte man genannt den Himmelsgarten, und glaubte, es bringe die Verehrung für Gottes Schöpfung zum Ausdruck. Der Altar vorne und der Sarkophag des heiligen Otto im Chor war in Dunkelheit gehüllt und nicht zu erkennen.

Schleppfuß war noch nicht weit in den Raum hinein getreten, noch stand er nur ein, zwei Schritte vom Eingang entfernt, noch hätte er die Möglichkeit umzukehren, sich in Sicherheit zu bringen vor den Tonnen einsturzgefährdeten Gewölbes über ihm und dem Sandmann, der irgendwo dort in der Dunkelheit lauern musste und ihn, als zynischer und kaltblütiger selbsternannter „Kunstjünger des Bösen" zu einer Diskussion über die Letztbegründung um Moral eingeladen hatte um das Pfand der entführten Studierenden der Philosophie. Schleppfuß aber hatte seine Entscheidung getroffen. Er ging weiter in den Raum hinein. Er fand eine Kerze, die er entzündete, und konnte sich nun auch in immer größerer Entfernung vom durch die Tür einfallenden Licht noch gut zurecht finden. Er ging nach vorne zum Altar, unter das Gewölbekreuz der Vierung, die Kerze in der Hand, stand im kleinen

Kreis seines flackernden Lichts, und wartete. Während er stand hörte er, wie unendlich langsam die Türe hinter ihm ins Schloss fiel und der Schlüssel darin knackte. Er war nun gefangen. Und der Sandmann war hier hinter ihm. Schleppfuß stand ruhig und aufrecht im Licht und wartete, ohne sich umzudrehen.

XV. Overtura. Allegro – Fuga

Schleppfuß stand und wartete. In dem dunklen Kirchenraum war es vollkommen still, die lautesten Geräusche waren sein eigener Atem und das gelegentliche Knistern der brennenden Kerze in seiner Hand. Er lauschte angestrengt, nach dem Atem, den Schritten des anderen der dort hinter ihm sein musste und ihn erwartete. Aber so sehr er das Ohr spannte, gar den Atem verhielt um besser lauschen zu können, es war als wäre der andere nicht da, er gab keinen Laut von sich. Und doch *wusste* Schleppfuß um seine Anwesenheit.

Lange stand er, wartend, ob der andere sich zeigen oder ihn ansprechen würde, aber es geschah nichts. Es kostete ihn immer mehr Mühe, regelmäßig zu atmen und stehen zu bleiben, sich nicht umzudrehen und schleunigst zur Tür und draußen zurück zu rennen von wo er gekommen war. Nein, das würde er nicht tun. Er hatte entschieden. Schleppfuß stand und wartete, während die Stille um ihn immer schwärzer und lastender wurde, beinah wie das einsturzgefährdete Gewölbe das ihm einschloss. Das Wachs der Kerze tropfte vor ihm auf den Boden, sonst geschah nichts. Irgendwann fasste sich Schleppfuß Mut, und brach das Gewölbe der Stille auf, indem er die Worte sagte: „Ist jemand hier?" So leise er gesprochen hatte, seine Stimme hatte doch einen kurzen Nachhall im Raum angestoßen, der sie überall hin verteilte und ausstreute, bis der Klang erstarb und wieder Stille einkehrte. Schleppfuß stand, zum Zerreißen gespannt. Kam keine Antwort?

Einen ganzen unendlich schweren Atemzug lang blieb es still. Dann aber löste sich ein Lachen aus der Dunkelheit um ihn, von den Wänden, von der Decke, ein Lachen ohne jede Freude, und direkt hinter ihm, über seine linke Schulter, sagte eine kalte, spöttische Stimme: „Die Frage fordert: Ja." Schleppfuß schluckte und wagte nicht sich umzudrehen und musste doch seine ganze Beherrschung aufbringen, es nicht zu tun, um keinen Preis.

Mit Fassung sagte er: „Nun, so bin ich am rechten Ort und brauche auch nicht weiter zu fragen wer Sie sind. Erkennen Sie an, dass ich zur rechten Zeit da bin?" „Ja.", sagte die Stimme, diesmal über seine rechte Schulter. Schleppfuß schauderte. Aber er sprach weiter. „Wenn dies so ist, so wünsche ich keine Zeit weiter zu verlieren, sondern die Disputation zu den bekannten Bedingungen beginnen zu lassen." Die Stimme schwieg.

Schleppfuß wagte nicht, zu fragen, ob dies ein Einverständnis sei. Sollte er nun einfach so anfangen? Und wie überhaupt sollte er anfangen? Sein Mund war trocken. Er wartete noch einige Augenblicke ab, ob der andere noch antworten würde. Da nichts kam, sagte er, ein wenig unsicher: „Ich werde, wenn Sie erlauben, dies als Einverständnis nehmen, und nun beginnen." Er räusperte sich und merkte dabei, dass von seiner Stirn Schweiß herunter tropfte. Er atmete noch einmal tief ein und hub dann an.

„*Sein ist.* Das hat Parmenides gesagt, wahrscheinlich als erster, und zu allen Zeiten hat man sich gewundert und gestritten, *was* er damit wohl gemeint haben mag. Jemand der gerne systematisiert könnte auch wohl beinahe behaupten, die ganze Philosophiegeschichte sei mehr oder weniger ein Variationswerk über diesen Streit, was denn das Sein ist oder sein soll, und nichts mehr als das, alles andere sei nur davon abgeleitet. Dies täte er nicht ganz ohne Berechtigung, nämlich wenn man Philosophie versteht als Frage nach dem, was ist; was ist in dem Sinne, dass es wirklich und wahrhaft ist, und nicht nur ein wenig ist oder auch in mancher Hinsicht nicht ist, sondern schlechthin ist. Daher lässt sich diese Frage auch formulieren als das „Was ist Wahrheit?" des Pilatus.

Was aber ist nun das Sein? Nun, ich glaube, dass es zwar sehr gut und richtig ist dass wir diese Frage stellen als Philosophen, dass wir uns aber nicht auf ihr ausruhen oder gar spekulative Schlösser auf sie bauen dürfen, sondern noch hinter sie zurück gehen müssen. Wir müssen, wollen wir zum Sein, verstehen, dass schon in dieser Frage was das Sein ist selbst Voraussetzungen und Quellen von Irrtümern stecken, die sich immer weiter treiben lassen und auswälzen bis zu den bizarrsten Lehrgebäuden und Dogmatiken des Scheins und des Irrtums, und die doch alle – welch traurige Ironie – an ihrem Ursprung mit der Frage nach der Wahrheit begonnen haben, der Frage nach dem, was schlechthin IST. Aber die Ironie ist nicht nur traurig, sondern gibt auch Anlass zur Hoffnung: denn auch im größten Scheingebilde, der größten Verirrung des menschlichen Geistes (und Tuns) muss noch Sein sein, in dem Sinne, dass auch sie sind und ganz unzweifelhaft zu allen Zeiten geschehen sind und noch geschehen. Zwar sind sie nicht das was schlechthin IST, die Wahrheit selbst, allein sich ganz vom Sein zu lösen ist nicht möglich. Selbst der Lügner, der doch am aller eindeutigsten und bewusstesten sich von der Wahrheit lossagt und sie verrät: Auch er kann sich doch nicht ganz von ihr entfernen, denn um Lügner zu sein, muss er wenigstens wissen DASS er lügt oder lügen will – was hinwiederum eine Wahrheit ist, und vor allem: Selbst in der Absicht, die Unwahrheit zu behaupten, muss er doch die Unwahrheit als Wahrheit behaupten. Das einzige, was er tun könnte, um sich vom Sein und der Wahrheit gänzlich zu verabschieden, wäre, nichts mehr zu behaupten, nichts zu tun, nichts zu perzipieren, nichts zu denken, mithin nun: ganz einfach selbst *nicht zu sein*.

Was ist also das Verfängliche daran, wenn wir die Frage stellen, *was* Sein ist? Wir werden damit gezwungen oder verleiten uns selbst dazu, es zu definieren, es festzulegen auf etwas Bestimmtes, darauf, dass es dies eine Bestimmte ist und das andere – nicht ist.

Aber halt, wie könnte im Sein selbst Nichtsein – sein? In den einzelnen Dingen, die seiend sind, sie mögen auch manches nicht sein, denn sie sind ja endliche und bestimmte, Seiende, aber das Sein selbst? Es ist ja kein Seiendes, sondern das bloße Seiend-Sein des Seienden, kein weiteres *Ding* das etwa zu der Menge an Seiendem hinzukäme und sich bestimmen ließe. Es ist das, was überhaupt macht, dass die seienden Dinge – sind. Es ist sozusagen der bloße Vorgang des seiend-seins der seienden Dinge, ihre Kraft, ihr Licht, das in ihnen aufgeht und sie heraushebt aus der (undenkbaren und unaussprechlichen) Nacht des Nichts, sie ins Sein hebt und existieren lässt. Wenn das Sein kein Ding ist und doch durch es die Seienden sind, muss es in jedem einzelnen von ihnen sein – in dem Sinne, dass in ihnen sich ereignet, dass sie sind. Das Sein kann aber nicht identisch sein mit irgendeinem von ihnen, es ist in allem Seienden und doch nichts davon. Zu sagen, das Sein verursache oder begründe das Seiende wäre eine Redeweise, die ganz unangemessen ist, denn die Kategorie der Kausalität kann man hier gar nicht veranschlagen, steht sie doch genau wie alles andere erst unter- oder innerhalb des Seins, da es auch sie als einzelnes in welcher Form auch immer gibt. Es lässt sich auch nicht sagen über das Sein ob es eines ist oder viele, oder wandelbar oder unwandelbar, oder was auch immer. Es ist sogar in gewisser Hinsicht doch Ding, aber eben doch nicht Ding. Man könnte dies alles von ihm behaupten und noch viel mehr, dass es etwa unendliche Aktivität sei, Tätigkeit, Macht, Liebe, das Absolute, das Unbedingte, Magie, Können, Wollen, Leben und Licht, unendliche Freiheit, ewig und heilig; doch in diesen Begriffen – da wir nun einmal dabei sind, von dem zu reden, worin alles Denken und Reden zur Ruhe kommt, von dem aber auch alles Denken und Reden seinen Ausgang nimmt – steckt schon wieder die Gefahr, sie falsch aufzufassen und damit das Sein zu einem Seienden zu machen, es als solches also aus dem Blick zu verlieren. Richten wir uns auf das Sein, das innere Leben von allem selbst, so sind wir jederzeit in Gefahr es unter unserem Blick abzutöten.

Zu fragen, was das Sein ist verfehlt es schon als solches, die Definition die wir daraufhin als Antwort bekommen liefert uns doch nur wieder ein Seiendes, und sei es auch das abstrakteste und höchste, aber nicht das lebendige Sein und das allem zugrunde liegende Licht selbst. Das Sein ist das pure DASS; der Vorgang des seiend-seins findet statt, oder noch kürzer: Es IST. Und jedes weitere Wort wäre zuviel.

Wenn ich dies sagte, das Sein sei nicht bestimmbar, habe ich dann mir selbst widersprochen und es doch wieder begriffen, als unbegreiflich nämlich? Nein, denn worüber ich eine Aussage gemacht habe, was ich da bestimmt und eingegrenzt habe ist das Denken, nämlich dass es sich vom Sein selbst fernzuhalten habe, nicht das reine unbegreifliche das IST selbst.

Habe ich hiermit einen Beweis geliefert für irgendetwas? Ich sage nein, aber freilich, dies liegt in der Natur der Sache. Ich kann keinen Beweis liefern für etwas, das kein Etwas, kein Ding ist, sondern nur das reine DASS, welches allem zugrunde liegt. Es zu beweisen hieße, es wieder zu einem Ding zu machen, dass also unsere Auffassung seiner damit ganz unangemessen würde. Es ist das, auf was man sich eigentlich nicht beziehen kann, das was niemals Objekt werden kann, das ist über allem und in allem ist. Hinter das Sein ist kein Zurückkommen, es gibt außerhalb nichts, denn wenn dort etwas wäre müsste es ja auch wieder ein Seiendes sein und also aus dem Sein stammen. Was ich tun kann, damit man mir zugebe was doch im Grunde das Allertrivialste von allem ist – nämlich: dass es etwas, irgendetwas gibt und nicht nichts ist – kann ich höchstens auffordern, sich selbst zu besinnen, und sehr tief zu besinnen. Wenn auch vielleicht nicht jeder ohne weiteres in der Lage ist, eine so tiefe Besinnung und Abstraktion in seinem Geist zu vollziehen, so wird doch jeder der es tun kann mehr oder minder deutlich gewahren, dass er in seinem tiefsten Grunde IST, im Sein selbst – wo auch sonst – seine Wurzel hat, und alles was in ihm lebendig ist von diesem Sein selbst nur sein Herkommen haben kann.

Es braucht ein wenig Übung auf dies aufmerksam zu werden, denn normalerweise sind wir gewohnt, in dem was wir Leben nennen fraglos mit Dingen zu hantieren, Unmengen von einzelnen Seienden, sie aber auf alles Mögliche hin befragen und erkunden, aber nicht auf ihr Seiend-sein hin, und dass wir so vor lauter Seienden das Sein selbst nicht sehen.

Und doch sind wir in allem unserem Leben, in unserem freien Tun und Lassen schon ganz gleich was wir tun auf das Sein und die Wahrheit bezogen. Solange uns dies nicht bewusst ist, beim „Leben" unter den einzelnen Seienden bleibt unser Leben allerdings an der Oberfläche, und die Dinge und auch der Mensch der mit ihnen umgeht ohne sich je die Dimension ihres Seiend-Seins zu vergegenwärtigen haben doch einen geringeren Anteil am eigentlichen Leben selbst. Die einzelnen Dinge vergehen und entstehen, sie sind vorhanden und eines Tages nicht mehr, und genauso geht es auch uns, wenn wir so eingewöhnt mitten unter ihnen leben und mit ihnen umgehen ohne ans Sein und die Wahrheit zu denken. Dann sind wir nichts weiter als ein Ding unter Dingen, und mit den Dingen werden wir selbst untergehen und ein für allemal vergangen sein, denn anders als denn als Ding wurden wir unserer nie gewahr. Dies ist das Leben des Scheins; auch ein Leben und Sein, fraglos, aber ein kein reines Sein und Leben, sondern eines gemischt mit Nichtsein oder Tod.

Nun ist es aber, wie ich schon mit meiner Aufforderung voraussetzte, uns allen möglich, nach dem Sein zu fragen, und schon indem wir das tun verlassen wir den Bezirk der endlichen Dinge, denn wir richten unsere Aufmerksamkeit direkt auf das Sein, das Leben und Licht selbst. Wie ist dies nun möglich? Denn eben hatte ich doch gesagt, es sei nicht möglich das Leben und die Wahrheit selbst zum Objekt zu machen, sich auf sie zu beziehen, da es außerhalb ihrer nichts gäbe. Wir aber tun dies doch. Dies kann nun nur darum möglich sein, wenn sich das Sein in uns auf sich selbst bezieht. Dies hebt uns die wir Denkende sind und nach dem Sein fragen können entscheidend heraus aus den Dingen, die das nicht können. Das Sein geht in uns also in viel intensiverem Grad auf als in ihnen. Wo und wie geschieht dies genau, dass wir des Seins, des Unbedingten gewahr werden? Ich hatte es schon angedeutet, es geschieht durch eine tiefe, allertiefste Abstraktion und Reflexion. So ist es wenigstens bei mir. Vielleicht könnte es andere geben die des Seins am deutlichsten gewahr werden nicht beim Denken (oder vielmehr nicht beim Denken, sondern da wo mein Denken auf einen Grund stößt hinter den es nicht zurück kann, beim Denken des Denkens) sondern vielleicht im Handeln, in der Kunst oder wo auch sonst, oder vielmehr, wenn sie sich darüber Rechenschaft ablegen.

Dies kann aber letzlich nicht entscheidend sein, denn erreichen wir das innerste Leben und die Wahrheit, so kommt dies alles als Bestimmtes und einzelnes zum Erliegen, und war doch von Anfang an immer in der Wahrheit selbst aufgehoben.

Mit dem Umstand, dass das Licht dort aufgeht wo das Denken an seinen untersten Grund stößt hinter den es nicht zurück kann, hat es aber nun doch eine herausgehobene Bewandtnis. Dieser Grund nämlich – wobei das Wort nicht kausal zu verstehen ist – ist das Ich, genauer dessen, was jenseits des Ich ist und vom Ich nur eingeholt und erlebt werden kann als immer schon da, als das was es voraussetzen muss, damit dieses Ich das es ist überhaupt sein kann. Es ist das, was Ich nicht bin, sondern von dem ich mein Sein habe. Ich könnte trotzig insistieren, das was ich nicht bin, das Objekt, sei doch nur Objekt und nicht Ich, weil ich –

ein Ich bin, *ohne mich sei es nicht da*, und jenes Andere sei erst meine Setzung. Daran trifft zu, dass das Andere bestimmt als Anderes meine Setzung ist. Überhaupt alle Bestimmtheit die ich im Sein finde, verdankt sich wohl erst meiner setzenden und bestimmenden Tätigkeit, die *ich* ausführe; aber das was mir das Leben leiht, überhaupt setzen und bestimmen, identifizieren und unterscheiden zu können, auf fundamentalster Ebene Subjekt von Objekt, dies verdanke ich einzig der Kraft und dem Sein selbst. Sobald ich im Bestimmen bin, muss ich mich als den Urheber dieses Ganzen ansehen; aber das reine DASS ich bestimmen kann, mein unendliches Tätigsein, dies habe ich einzig von dem Sein selbst, das allein die pure Aktivität selbst ist. Wenn wir sind und tätig sind, so sind wir im Sein, und einzig und nur dort, und wir haben unseren Ursprung und Grund in der unendlichen Freiheit selbst.

Wenn wir dieses vorgängige Sein, diese Aktivität uns nur denken können als von uns gedacht, nicht als auch ohne uns bestehend, so zeigt dies nur, dass wir das Sein als reines IST nicht denken können, sondern das Denken immer direkt zur Frage WAS ist führt. Aber es IST auch ohne dass *wir* denken, und wenn wir sind, sind wir von und in ihm, und denken von ihm und in ihm. Allein, erst im Denken – unserem Denken – kommt das Sein zu Bewusstsein, und wird auf sich selbst aufmerksam. Oder: es denkt sich in uns. Indem es auf sich aufmerksam geworden ist, kann es über sich sagen, *weiß* es von sich, dass es ist auch ohne Denken; aber umgekehrt weiß es nur, weil es zuvor schon *ist*. Sein und Denken stehen sich nicht äußerlich gegenüber, sondern sie erfassen und durchdringen sich gegenseitig innigst, und sind eins. Dies ist aber wieder nur gedacht, und ich weiß es wie sehr davon eine große Versuchung für das Denken ausgeht, sich *allein* die allumfassende Einheit zuzuschreiben. Aber indem das Denken Aussagen über etwas macht, das doch Alles sein soll, ist die Einheit als Einheit selbst schon wieder zerteilt, und das Denken kann noch so sehr behaupten und postulieren, es allein mache die Einheit erst. In dem Moment, wo dem Denken dies bewusst wird und es sich selbst aufgibt, da IST erst, und ist wahre Einheit.

Im Grunde genommen kann ich eigentlich nur über mich selbst sagen, dass ich in mir dies so gefunden habe, als ich von allem anderen so weit ich konnte abstrahierte, und scharf darauf achtete was geschieht, wenn ich – ich bin. Wenn es aber andere Wesen gäbe, die auch Iche sind, müssten sie in sich selbst wohl das Gleiche finden, denn darin dass sie sind, und als Iche sind, unterscheiden sie sich nicht von mir, mögen sie in allem Sonstigen auch noch so verschieden sein von mir. Ich sehe wohl Wesen um mich herum, die ich für andere Iche halte; dass ich aber mit letzter Sicherheit nicht zu sagen vermag ob sie das auch wirklich sind liegt daran, dass sie nicht das unendliche Sein oder Subjekt selbst sind das nie zum Objekt gemacht werden kann, sondern *auch* Dinge, auch Objekte. Es ist in ihnen aber etwas, dass sich mir letztlich entzieht, ihr innerstes Leben. Wenn sie denn Iche sind, so ist auch in ihnen das einzige heilige Licht und das Sein selbst und seiner selbst bewusst, sie haben ihren Grund und ihre Wurzel in der unendlichen Freiheit.

Was folgt aber nun daraus, wenn auch andere sind, die Iche sind, und in der unendlichen Freiheit und Wahrheit gegründet, und in ihnen als Ichen das Sein zu sich selbst kommt? Es folgt daraus, dass es im tiefsten

Grunde sinnlos ist, sie zu zerstören und ihr Leben zum Erliegen bringen zu wollen. Selbst noch in den unbedeutendsten Dingen, hatten wir gesagt, wirkte die ursprüngliche Kraft selbst, und wieviel mehr ist sie in den Ichen konzentriert, die sich auf das Sein selbst beziehen! Und es ist desto sinnloser ein einzelnes Ich zu zerstören, mit desto größerer Energie es sich zum Sein neigt und bejaht, dass sein Leben in der Wahrheit gegründet ist. Ich kann jedes Ich zerstören als Ding, oder vielmehr indem ich es zerstöre mache ich es zum Ding, und für die Iche, insofern sie Endliche sind und nicht das Unendliche selbst ist es furchtbar, zerstört zu werden.

Indem ich zerstöre aber sage ich mich vom Sein und der Wahrheit selbst los. Nämlich: in allem Seienden IST, ist das heilige Leben selbst, und in ihnen am intensivsten, denn in den Ichen wird es sich seiner bewusst und geht sich das ursprüngliche Licht selbst auf. Ich *kann* dies tun sie zu negieren, denn ich bin ja aus der unendlichen Freiheit, und mir ist nicht vorgeschrieben was ich mir ihr zu tun habe. Aber indem ich zerstöre, worin die Wahrheit ist und wo sie zu sich selbst kommt, mich von der Wahrheit lossage und dem Sein, zerstöre ich mich gleichzeitig selbst. Denn alles was in mir an Sein und Kraft zu Aktivität ist, habe ich doch nur vom Sein. Ich arbeite dann also mit einer Kraft von der ich beanspruche, sie sei ausschließlich mein privates Eigen, gegen das von dem doch in Wahrheit alle meine Kraft her ist, somit in letzter Konsequenz gegen mich selbst.

Ich verendliche damit also mich selbst gewaltsam und wirke auf den eigenen Untergang hin. Der das Sein anderer verneint als hätte es nichts mit dem seinen zu tun, erstarrt in der eigenen Negativität, er höhlt sich aus, trennt sich ab vom Leben, und muss, in letzter Konsequenz, selbst aufhören zu sein. Ganz kann ich mich, wie zu vermuten ist, aus eigener Kraft nicht vom Sein abtrennen, gelänge es, so müsste ich auf der Stelle aufhören zu existieren. Aber je mehr ich mich vom Licht und der Liebe entferne, desto weiter gelange ich in den Tod und den Bereich des Scheines, werde weniger lebendig als vielmehr nach und nach zunehmend tot: ich verdingliche andere und werde selbst dadurch dinghaft, oder muss mich umgekehrt verendlichen, um andere überhaupt verendlichen zu können. Wenn ich will, so kann ich dies tun, es steht in meiner Freiheit, kraft der in mir lebenden unendlichen Freiheit kann ich mich auch von dieser selbst lossagen. Aber indem wir Iche sind und nur wir selbst sind *als* Iche und Denkende, ist unser Sein und unser gut-oder-böse-Sein nicht voneinander zu trennen. Es ist kein Leben außerhalb der Wahrheit und des Guten, von ihm sich loszusagen ist Untergang, ist sinnlos und nichtig, und zu glauben, erst einmal *lebe* man und dies sei ein neutrales Substrat, von dem aus man sich zum Guten und Bösen wenden kann wie einem beliebt ohne dabei an sich selbst Schaden zu nehmen, ist der Anfang des Irrtums und der eigene Tod."

Die letzte Silbe verhallte im dunklen Kirchenraum. Schleppfuß merke unter wie großer Anspannung er gestanden haben musste, denn ihm stand Schweiß auf der Stirn, beim Sprechen hingegen war er ganz in der Konzentration bei sich gewesen und hatte die Anstrengung nicht bemerkt. Ihm wurde auch jetzt erst wieder bewusst wo er war und weshalb, und er erwartete mit Spannung die Reaktion des Sandmanns. Er fand dass es ihm nicht schlecht gelungen war das auszudrücken, was ihm in all seinem angestrengten Denken die ganze Zeit über aufgegangen war, einige Formulierungen vielleicht ausgenommen.

Sein Reden war eher narrativ als argumentierend gewesen, aber er fand dies angemessen. Hatte er nun aber damit auch den Sandmann erreicht, hatte dieser etwas eingesehen? Wenn er nicht einsehen wollte, das wusste Schleppfuß nun, würde ihn keine Argumentation der Welt überzeugen und dazu bewegen können, auch die beste nicht, denn er war ja frei, sich der Einsicht zu überlassen oder von ihr abzuwenden.

Während er noch so dachte, sagte die Stimme spöttisch vom anderen Ende des Raumes her: „Gewiss sei dir, Edwin Hellewart, mein große Verehrung und Bewunderung für dein außerordentliches Dichtertalent! Denn, in der Tat, du bist ein Dichter, mit all' den schönen Worten aus denen du dein metaphysisches Wolkenschloss erbaut hast. Leben. Licht. Luft. Freiheit. Wahrheit. Liebe. *Du* magst davon überzeugt sein mit festester Gewissheit, es gebe dies alles. Allein, vielleicht überraschst es dich, bei mir ist dem nicht so. Wohl, irgendetwas mag es geben, und es gibt seltsame Wesen, Menschen, die Ich zu sich sagen und grübeln was Wahrheit sein mag. Sein IST, so war dein Anfang. In der Tat, dies lässt sich schwer bestreiten, denn die Behauptung ist so vollkommen leer, dass sie beinah keine Behauptung ist. Was sollte daraus folgen, aus dieser leersten aller Feststellungen, dass es irgendetwas gibt? Was besagt sie überhaupt? Nichts. Und selbst wenn etwas aus ihr folgte, woher nimmst du die Gewähr, dass es wirklich aus der Behauptung folgt, und genau in dieser Ordnung folgen muss, und ein anderer nicht vielleicht zu völlig anderen Ansichten käme, nämlich weil seine Vernunft nach anderen

174

Gesetzen funktioniert als die deine, die du dir nur nicht vorstellen kannst, und dem sich das was dir unlogisch und verquer erscheint ebenso evident und einleuchtend ausnimmt wie dir deine Schlussfolgerungen? Ist es nicht auch so, dass du dir *wünscht* es möge am Ende aufs Gute, Wahre und Schöne hinauslaufen, und du darum dein Denkvermögen darauf gerichtet und nicht geruht hast, bis du eine Möglichkeit fandest, das was du haben wolltest aus der Tasche zu ziehen und als 'immer schon da' hinzustellen, als ewige Wahrheit und Notwendigkeit, die für alles gelte was da lebt und denkt und handelt? Wie schön geordnet muss es in deiner Welt zugehen, in welcher einträchtigen Harmonie miteinander müssten die Dinge leben in ihrer Gemeinschaft als Seiende und einander immer Fug und Ruch geschehen lassen, keins je das andere kränken! Wie aber schon ein Blick in die Natur – von dem Leben der Menschen gar nicht zu reden – lehrt ist dem aber nicht so. In der Natur ist vielmehr gegenseitige Zerstörung und Streit, Leben keineswegs lauter Liebe und Harmonie, sondern Kampf ums Überleben, der den Untergang des Unterlegenen bedeutet."

„Dies Sein der Natur", erwiderte Schleppfuß, „verdient in der Tat differenziertere Betrachtung. Die Naturdinge *als solche* laufen ab gemäß den erkannten feststehenden Gesetzen, in ihnen selbst ist kein Streit, kein Untergang. Aber auch beinah kein Leben! Das Sein in ihnen ist noch so schlummernd und bewusstlos, sie haben so wenig Freiheit, Einzelheit und Selbst, dass es eine unangemessene Übertragung einer aus unserer eigenen Subjektivität entlehnten Auffassung von Selbstheit wäre zu sagen, sie würden sich gegenseitig vernichten. Anders ist dies freilich da, wo sich das Sein im Selbstbewusstsein findet und zur Freiheit erwacht: Da hat es dann in der Tat die Möglichkeit, sich unwahr auf seine Einzelheit zurückzuziehen und gegen andere einzelne zu wüten."

„Ja, von unendlicher Freiheit redest du, aber sagst gleichzeitig, es sei unmöglich sich von ihr loszusagen und außerhalb ihrer zu wirken. Siehst du nicht, wie du es selbst bis an die Sterne weit dahin gebracht hast, dein ganzes Reden von Freiheit selbst *ad absurdum* zu führen, denn was wäre diese unendliche Freiheit die du beschreibst anderes denn ein Riesengefängnis, in das die ganze Welt eingesperrt ist? Ein gewisses Ingenium, ein gewisses beredsames Feuer, eine ästhetische valeur kann ich deiner Darstellung durchaus zubilligen. Allein, die Existenz deines fabelhaften Seins kannst du wie du selbst zugegeben hast nicht beweisen, und damit ist schon der Grundstein deines Gebäudes als das Dunstgebilde das er ist entlarvt, und alles darauf Aufgebaute, selbst mit dem Zugeständnis, es sei richtig und gültig gefolgert, muss fallen. Du redest zuweilen vom Einleuchten: Nun aber leuchtet bekanntlich bald dem einen dies, dem anderen das als wahr ein. Mir könnte beispielsweise einleuchten, es sei größer die Welt zu hassen und zerstören zu wollen als zu lieben; wer liebt begehrt, wer hasst, ist sich selbst genug, und bedarf nichts weiter als seinen Hass und nichts sonst!"

„Da irren Sie sich", sagte Schleppfuß ruhig, „es gibt keine absolute Negativität, sie muss etwas haben auf das sie sich beziehen kann, eine vorhergehende Position, und schon daran wie paradox der Satz ist 'Es *gibt* keine absolute Negativität' können Sie das sehen, wenn Sie wollen." „Ich habe aber keine Lust, mich auf deine Sicht einzulassen und deine Schwärmerei und deinen Mystizismus zu teilen, Edwin Hellewart. Was ich weiß ist, dass ich lebe und das Böse tue in meiner Freiheit, und mich meiner Existenz und ungebrochenen Kraft zur vernichtenden Tätigkeit gewiss bin, und so böse ich bin doch nicht dem Tod näher stehe als du, vielleicht sogar viel, viel weiter von ihm entfernt bin als du."

„Da Sie was auch ich zugebe bis jetzt weiterhin existieren, muss in Ihnen noch Wahrheit und Leben sein, und Sie sehen daran wie sie alles umfasst und liebt, dass es so schwer ist sich von ihr ganz zu entfernen. Erinnern Sie sich: Wenn aber die geistige Zufälligkeit, die Willkür bis zum Bösen fortgeht, so ist dies selbst noch ein unendlich Höheres als das gesetzmäßige Wandeln der Gestirne oder als die Unschuld der Pflanze; denn was sich so verirrt, ist noch Geist. Noch jetzt beziehen Sie sich auf die Wahrheit, denn sie bezweifeln dass was ich sage wahr ist, doch nur – im Namen der Wahrheit."

„Das ist ein Taschenspielertrick den ich nur zu gut kenne. Und selbst wenn es wahr wäre, was änderte dies? Ich bin frei und habe die Macht, dein Leben und das aller anderen auf der Stelle zu beenden wenn ich wollte, und alle deine hohe metaphysische Wahrheit wird mich nicht daran hindern.", sagte der Sandmann, und der Klang seiner Stimme wurde schneidend und kalt. Schleppfuß wusste was er damit andeuten wollte, aber er fühlte keine Furcht, nur ein wenig Bedauern. Er stand im kleinen Kreis seines Lichtes und wartete. Nach einer kurzen Pause sagte der Sandmann, nun wieder etwas näher hinter ihm, und etwas weniger schneidend: „Nichtsdestotrotz, ich fand deinen Vortrag ergötzlich und habe mit Vergnügen zugehört. Eigentlich wäre es doch etwas schade, dich gleich zu töten. Ich will dir noch einmal einen Versuch geben mich zu überzeugen, denn ich habe Zeit und bin neugierig, zu hören wie du dich verteidigen wirst. Sprich also ruhig, ich werde zuhören." Damit war der dunkle Raum wieder in Stille gehüllt.

XVI. Meno mosso e moderato

Schleppfuß besann sich eine kurze Weile. Dann sagte er: „Da Sie so großzügig sind, werde ich nun also noch einen zweiten Versuch unternehmen Sie an das heranzuführen, was wie ich eingesehen habe wahr ist. Ich werde mir dabei Ihren Ratschlag zu Herzen nehmen und versuchen, nicht von den metaphysischen, wie Sie sagen, Luftschlössern, auszugehen, sondern mit etwas ganz Banalem, Konkretem und einfachem anzufangen. Dieses ist: wir denken gerade über das Gute und Böse nach, darüber, wie man handeln sollte. Präzise gesprochen kann ich zwar nur sicher sein, dass *ich* gerade dies tue, aber ich unterstelle Ihnen, dass sie dies auch tun. Wenn es anders sein sollte, oder Sie nach dem Guten und Bösen auf eine Art fragen könnten die von meiner verschieden ist, sagen Sie mir es bitte. Allgemein formuliert lautet unsere Frage: wie soll ich handeln?

Schon indem Sie oder ich diese Frage stellen haben wir einiges investiert: Zum einen, dass wir offensichtlich die Wahl haben so oder anders zu handeln, frei sind, dass also die einzige alleinige Ursache unserer Handlungen, insofern sie wirklich unsere Handlungen sind und nicht durch irgendwelche außerhalb unserer selbst liegenden Umstände bewirkt werden, unser eigener Wille ist. Denn wäre dem nicht so, wäre die Frage vollkommen sinnlos und würde vermutlich gar nicht auftauchen. Die Voraussetzung beinhaltet im Grunde auch nur, dass wir selbst uns als frei erleben, so oder so zu handeln, als intentional wirken Könnende, unabhängig davon ob wir tatsächlich, objektiv, von außen betrachtet, frei sind oder es nur fälschlich meinen: dies spielt auf dieser Ebene für uns überhaupt keine Rolle. Die andere Voraussetzung ist, dass wir offensichtlich noch nicht wissen, wie wir handeln sollen, aber – durch das bloße Stellen dieser Frage – Interesse daran bekunden, es zu erfahren. Das Stellen dieser Frage ist aber nichts, was irgendwie zufällig ist, sondern sie ergibt sich ganz einfach daraus, dass wir uns als frei handelnde erleben. Schon indem wir frei uns zu einer bestimmten Handlung entschließen aus den vielen uns gleichermaßen möglichen anderen, glauben oder behaupten wir implizit, ob wir wollen oder nicht, gerade diese Handlung die wir gewählt haben sei – ob zurecht oder nicht – die wählenswerteste, beste aller uns offenstehenden Möglichkeiten zu handeln gewesen. Ein Wesen, dass nur handelt aber nicht denkt und sich hinterfragt, handelt nicht, denn zum Handeln gehört Bewusstsein, Intentionalität; ein nicht-denkendes Wesen könnte vielleicht wirken, aber nicht handeln. In dieser ersten Perspektive, die wir auf uns selber einnehmen als Denkende und Handelnde, beobachten wir uns selber also in dem was wir tun, wonach wir vorgehen, wie wir entscheiden. In einer zweiten Perspektive können wir außerdem hinterfragen, ob die Kriterien anhand derer wir entscheiden tatsächlich angemessen sind.

Indem wir also wie es der Fall ist, frei uns zu Handlungen entscheiden und hinterfragen mit welchem Recht gerade zu diesen, also die Frage nach dem richtigen Handeln stellen, sind wir in einer Art involviert, hinter die wir nicht zurückkönnen. Auch die Frage stellen ist ein Handeln, wenn auch anderer Art, als alle sonstigen Handlungen, die wir tun und getan haben. Aber da wir uns einmal entschieden haben, müssen wir uns – ganz gleich nach welchen – nach irgendwelchen *Kriterien* entscheiden haben, und seien diese noch so vorläufig und fragwürdig. Die Option, mit Bedacht, also Intention, *gar nicht* zu handeln, steht uns, als in sich selbst widersprechend, nicht offen. Nein, als frei Handelnde denkende Wesen sind wir vor die Frage gestellt, wie, und können ihr nicht mehr aus.

Darin, dass wir diese Frage stellen, steckt indessen noch ein Drittes: Dass wir nämlich noch kein sicheres Wissen darüber haben, wie wir richtig handeln, denn sonst bräuchten wir sie uns wiederum nicht zu stellen, sondern könnten, solange keine sonstigen Hindernisse auftreten, einfach das tun was wir als richtig fest und sicher erkannt haben. Da wir aber ununterbrochen *de facto* wie sich jeder überzeugen kann handeln und damit die Bevorzugungswürdigkeit der einen Handlung vor der anderen behaupten, müssen wir dies wie gesagt anhand irgendwelcher provisorischer Kriterien getan haben. Wir können über uns selber wissen, welche dies waren, und sie wiederum hinterfragen hinsichtlich ihrer Legitimität. Den zweiten Schritt, die wie ich vorhin sagte zweite Perspektive, die wir auf uns selbst einnehmen können, müssen wir noch weniger notwendig als die erste einnehmen. Hierin sind wir völlig frei, wir können es unterlassen oder die Anstrengung auf uns nehmen, die es bedeutet. Denn wenn wir es mit unserer Frage nach dem richtigen Handeln ernst meinen, dürften wir nun, haben wir dies einmal erkannt, nicht eher ruhen und aufhören unser Handeln und unsere Maßstäbe zu hinterfragen, als bis wir mit sicherster unhintergehbarer Gewissheit erkannt haben, worin das richtige Handeln besteht.

Freilich könnten wir uns auch auf irgendeinem Stadium dieses mühevollen Weges entscheiden, die schwierige Frage nach dem richtigen Handeln auf sich beruhen zu lassen, aber an ihr gemessen *die nun einmal als von uns selbst gestellt vorhanden ist* und Beantwortung fordert, dürfen wir dies nun nicht mehr.

Freilich, wir könnten es tun, und es wird bestimmt oft getan, irgendwo die Frage einfach auf sich beruhen zu lassen. Und dann? Auch während unseres Nachdenk-Prozesses über das richtige Handeln, der wie sich anhand der Größe der gestellten Frage leicht einsehen lässt, sehr lange dauern wird, handeln wir ununterbrochen. Nicht nur unser fortgesetztes Darüber-Nachdenken selbst ist ein Handeln, auch unser alltägliches Leben und Handeln ist ja während der langdauernden Untersuchung der Frage nicht im Stillstand. Wir müssen also, auch wenn es abstrakt scheinen könnte es wäre besser, erst einmal gründlich und bis zum Ende über das richtige Leben nachzudenken, auch nach Maßgabe der von uns erreichten vorläufigen Ergebnisse unserer Untersuchung über das richtige Leben – handeln.
Es kann geschehen, dass zu einem Zeitpunkt unseres Lebens uns die Maßstäbe, nach denen wir früher gehandelt haben, als falsch und defizitär erscheinen. Wir werden dann unsere vergangenen Handlungen zwar bedauern, aber, solange wir wie uns selbst am besten und als einzigem bewusst ist, solange dies damals wirklich unsere Auffassung des guten Handelns war und wir sie nicht vorgeschoben hatten, können wir es ruhig vor uns verantworten, uns so gut es ging bemüht zu haben, und damals sowohl in den Erkenntnisbemühungen als auch der Praxis das uns Möglichste getan zu haben. Wenn ich die Erkenntnis habe, so und so zu handeln sei vorzuziehen als das bessere, ist die Frage sinnlos, ob ich es auch tun sollte; tatsächlich kann ich

anders handeln, aber ich bin dann hinter mich selbst zurück gefallen, hinter meine eigenen Maßstäbe. Ich habe dann, durch die praktische Ausführung, mein Handeln wie es war einerseits bejaht und behauptet, andererseits aber es auf der Ebene der Theorie als falsch zurück gewiesen, was mich in einen Widerspruch und Zwiespalt mit mir selbst bringt. Anders handeln, als es dem augenblicklichem Stadium meiner Erkenntnis bezüglich des Wählenswerten entspricht, ist also ein defizienter Modus, sich aus der Fragestellung nach dem richtigen Leben davonstehlen zu wollen.

Ähnlich defizient kann ich auch in der zweiten Perspektive auf mich selbst versuchen, ihr zu entkommen: indem ich nämlich bei irgendeinem Maßstab bezüglich des richtigen Handelns, den ich woher auch immer, völlig kontingenter Weise habe und der womöglich keineswegs zutrifft wie ich, dächte ich nur weiter nach, leicht erkennen könnte – wenn ich also anstatt weiter zu hinterfragen bei irgendeinem Maßstab den ich schon habe stehen bleibe, und nun ohne weiter zu forschen ihm gemäß mein ganzes Leben hindurch handle.

Oberflächlich betrachtet kann ich dann zwar sehr gut in Übereinstimmung mit mir selbst sein und bleiben, allein auch diese Form, sich mit der Frage nach dem richtigen Handeln auseinander zu setzen, ist ein Versuch, ihr letztendlich zu entgehen. Es könnte jederzeit geschehen, dass ich mich einmal doch aus der zweiten Perspektive betrachte, und dann kämen mir vielleicht meine ganzen bisherigen Handlungen, insbesondere jene, die Frage nach dem richtigen Handeln nicht weiter zu verfolgen, als sehr fragwürdig und schlecht vor.

Allein dadurch, die Frage danach, wie wir sinnvoller Weise handeln sollen, gestellt zu haben, sind wir also – nur durch unser eigenes Fragen, nicht das eines anderen – in eine Struktur gestellt, die uns sehr wesentlich betrifft und aus der wir uns nicht mehr verabschieden können. Was wir auch tun, es gibt vor ihr kein Entrinnen, höchstens ein zeitweiliges Vergessen. Eine einzige Möglichkeit, sie zu bewältigen, ohne vor ihr davon zu laufen und sich selbst etwas vorzumachen und Gedanken zu unterdrücken, die sich jederzeit mit dann desto größerer existentieller Macht melden können, sehe ich: im fortgesetzen Bemühen dahin gelangen, genau so leben, wie man es für richtig hält, also in wahrhafter ungetrübter Übereinstimmung mit sich selbst zu sein, und zum anderen, im fortgesetzten hinterfragenden Bemühen jenen in unendlicher Ferne liegenden Punkt erreicht zu haben, wo man für sich selbst keine überhaupt denkbare Möglichkeit mehr sieht, weiter zu hinterfragen, einen nicht von der Trägheit diktierten unhintergehbaren Grund.

Ich behaupte hiermit nicht das bis dahin ungesehene Vorhandensein einer seltsamen Entität die wir dann wie auch immer erreicht und erkannt hätten, sondern im Grunde lediglich, dass es einen Standpunkt bezüglich der Maßstäbe für Handlungen gibt, bei dem eine weiteres Hinterfragen mir nicht möglich ist, weil jedes 'ja, aber stimmt das auch?' unterhalb von ihm liegt. Es ist dann keine Distanz mehr zwischen dem was es ist und wie es erkannt wird. Diesen Standpunkt zu erreichen wäre wohl die einzige Möglichkeit, vor der gestellten Frage standhalten zu können und in wahrer Übereinstimmung mit sich selbst zu sein; die diese Bezeichnung als einzige verdienende Erkenntnis des Guten im und als Leben im Guten."

„Wiederum ein ergötzlicher Sermon und treffliche Sonntagspredigt!", warf der Sandmann vom anderen Ende des Raumes her ein. „Alles aber doch rein subjektiv, und inhaltsleer. Ich könnte doch darin sehr gut darin mit mir übereinstimmen, das zu tun was du als böse bezeichnen würdest! Und selbst wenn ich im theoretischen mit dir übereinstimmen sollte was das Gute ist, im Praktischen könnte ich's dennoch anders halten. Es läuft darauf hinaus, dass gut ist wer mag und böse wer mag, und jeder auch noch selber die Kriterien für sich festlegt, nach denen er jeweils das eine oder andere ist. Wer 'gut' sein will, der strebe und bemühe sich um Erkenntnis und Ausführung des Guten, das er doch selbst erst dabei erzeugt und ausspinnt vor sich, und wer nicht, der nicht. Was ist das objektiv Verbindliche daran?! Das Ganze ist ein sehr weit ausgesponnener Zirkel, sonst nichts."

Schleppfuß antwortete: „Ich räume ein, dass man um das Gute zu erkennen, in der Tat den Willen haben muss es zu tun, also schon gut sein muss. Wie ein Zirkel sieht es aber nur aus in äußerlicher Betrachtung, als leeres ausgehöhltes Reflexionsgerippe. Aber es wird anders wenn man es selber *denkt*, die Energie des eigenen Geistes als aktivierenden Schub hineinlegt." „Und dieses zustimmende folgsame Nachdenken zu verweigern siehst du an als Verrat und defizienten Modus der Bewältigung der Frage nach dem richtigen Handeln. Du lässt damit überhaupt nicht zu, dass man über Gut und Böse von einem neutralen Standpunkt aus diskutiert. Du machst es dir damit sehr bequem!"

Schleppfuß lachte kurz und sarkastisch auf. „Meine Bequemlichkeit anbelangend: Stellen Sie sich doch nur vor, wie es mir geht, bei dem vielen was ich schon über das Gute nachgedacht habe und mit welchem Aufwand. Das verändert etwas in einem, man sieht sich plötzlich einem ganz anderen Anspruch ausgesetzt. Man kann nicht mehr so durch den Tag gehen wie früher. Ständig werde ich aufmerksam auf manchmal kleinste Kleinigkeiten in denen ich erkennen muss, es bei Weitem noch nicht erreicht zu haben. – Und ja, in der Tat, bei gut und böse gibt es keine neutrale Position von außerhalb, einfach weil wir selbst inmitten ihrer stehen, sie *sind*! Von meinem Standpunkt aus machen Sie es sich leicht, da Ihnen gut und böse ein Spiel ist. Ich finde dies nachvollziehbar, denn wären Sie der Meinung ich hätte nur so ungefähr Recht, müssten Sie sich ja für einen ziemlich erbärmlichen Menschen halten. Gäbe es eine letzte Begründung von Moral, die so wäre, dass man sobald man sie hört, gar nicht anders kann als zu verstehen, sich ergeht in Ausrufen wie: 'Ah, hätte mir das mal jemand gesagt!' und von da gar nicht mehr anders *kann* als gut zu sein – dann hätte sich alles Reden von gut und böse in der Tat selbst *ad absurdum* geführt. Dann wäre ja keine Freiheit! Das Gute kann nur aus der Freiheit hervorgehen. Wer nicht gut sein *will*, den wird keine Argumentation der Welt überzeugen warum er sollte."

„Wenn dem so ist", sagte der Sandmann dicht hinter Schleppfuß, „und dies das letzte ist was du vorzubringen hast, betrachte ich mich als Sieger. Ist dem so, ist dies alles, was du zu sagen hast?" „So gut ich vermochte habe ich gesagt was ich eingesehen habe. Noch mehr Worte würden, wie ich nun sehe, überflüssig sein." „Dann sei so gut, du ins Gute Verliebter, mir noch eine Frage zu beantworten! Was ist, im Gegensatz zu deinem Guten von dem wir geredet haben, das Böseste?" „Es wäre etwas, das rational kaum denkbar ist: Dies alles in höchstem Grade, oberhalb jedes 'stimmt das aber denn auch?' eingesehen zu haben, und sich doch sehenden Auges vom Guten und der Wahrheit loszusagen, zum Preis der eigenen Vernichtung, einfach weil es in der eigenen Freiheit *de facto* möglich ist; dies allein könnte wohl für pure radikale Boshaftigkeit gelten."

„Ja wirklich, dies ist kaum vorstellbar und man möchte sich mit Schaudern abwenden. Ach, dass ich Worte fände! Ich gestehe dir gern dies alles zu was du gesagt hast als richtig und wahr und die einzige Wahrheit selbst, und denke es alles selbst. Hohe metaphysische Wahrheit, vor dir beuge ich mich, zu dir verhalte ich mich ganz gleich was ich tue, dies einsehend will ich dich bejahen und nur dir leben und dich lieben! Also, es ist wahr, ich denke es und erkenne es an. Nun aber weiter! Jetzt gebt acht! Jetzt, hohe allumfassende Wahrheit, sage ich mich los von dir! Denn ich *kann* es, nichts hindert mich, da du eine Wahrheit der Freiheit bist! Und, und? Nun habe ich mich zur puren radikalen Boshaftigkeit erhoben, und deine *gedachte Wahrheit* war mir das Mittel dazu. Besten Dank auch! Und was? Fällt die Wahrheit als Blitz auf mich vom Himmel herunter? Vor Schrecken vielleicht noch! Ha, ich lebe, erfreue mich meiner ungebrochenen, vervielfachten Kraft und potenzierten Boshaftigkeit! Welch' Wunschtraum kindischer Unwissenheit die von dir behauptete Gefahr meiner eigenen Vernichtung! Deine Wahrheit hat keine Macht. Allzufein ist sie ausgesonnen, allzu-reflektiert, viel zu sehr aus lauter Luft und Liebe. Meinen Spott über sie! Und wenn, zahlte ich auch einen Preis, mir ist es gleich: allein böse sein um des Bösen will ich, mein Gesamtwerk der Boshaftigkeit mit den Aktionen der nächsten Augenblicke wie finster glänzenden Onyxen bekrönen, und dies im vollen Bewusstsein und Angesicht deines gedachten Guten und Wahren! – Dies eben ein nicht unebener Monolog, nicht wahr? Schade dass wir nicht auf dem Theater sind! – Aber zur Sache, zum *factum brutum*! Du wirst sterben, du Träumer."

Hart schlug jemand Schleppfuß die Kerze aus der Hand, drehte ihm den Arm grob auf den Rücken und drückte ihm etwas Kaltes gegen den Hals. Die Kerze kullerte über den Steinboden und verlosch mit leisem Zischen, sodass der große Kirchenraum nun in völliger undurchdringlicher Dunkelheit lag. Schleppfuß wehrte sich nicht, er ließ zu, dass der Sandmann ihn in einen eisernen Griff nahm. Schleppfuß spürte seinen Hals hinab ein feines Rinnsal Blut laufen, in die Halsgrube und von dort weiter über die Brust, von dem Kratzer den ihm die Messerklinge verursacht hatte; merklich zwar, aber noch keine Wunde, die genügt hätte ihn zu töten. Das konnte der Sandmann in jedem Augenblick nachholen. Er hielt noch immer Schleppfuß gepackt. Lange Zeit geschah nichts.

Schleppfuß machte nicht den leisesten Versuch zu entkommen, nicht einmal, auch nur den schmerzhaft auf den Rücken gedrehten Arm dem Griff des Mörders zu entwinden.

Noch immer geschah nichts. Schleppfuß sagte kein Wort, auch der Sandmann gab keinen Laut von sich. Der Raum lag in Finsternis. Schleppfuß hörte auf seinen eigenen Atem, der ruhig und gleichmäßig ging. Ihm fiel auf, dass er nun erstmals auch den des Sandmanns hinter sich bemerken konnte. Dessen Atem ging schneller und ungleichmäßiger. Weitere Augenblicke vergingen. Schleppfuß machte noch immer keinen Versuch, zu entkommen. Aber umgekehrt machte auch der Sandmann keinen Versuch, ihm etwas an zu tun. Es dauerte.

Ein grässlicher Schrei ließ Schleppfuß zusammenzucken. Der Sandmann hatte seinen Arm losgelassen, und Schleppfuß presste die Hände auf die Ohren. Der furchtbare Schrei dauerte noch immer an, er wurde vielfach verstärkt vom Gewölbe zurückgeworfen und mannigfach gebrochen, und echote immer schauerlicher durch das ganze Gebäude. Etwas auch nur im Entferntesten Ähnliches hatte Schleppfuß nie zuvor gehört. Eilige Schritte entfernten sich von ihm, irgendwo in Richtung des Chors, doch der grässliche Schrei blieb und stand im Raum wie ein Feuer. Ein Krachen! Schleppfuß fühlte plötzlich den Aufprall eines winzigen Gegenstandes auf seiner linken Schulter, bald darauf eines größeren auf der rechten, dann eines kleineren auf seinem Kopf, und, kaum mehr bewusst begreifend was geschah, taumelte er, während um ihn her immer größere Brocken einschlugen, in dem einstürzenden Kirchengebäude in Richtung der Pforte, erreichte sie – wie durch ein Wunder – drückte die Klinke herunter – sprang hindurch – und fiel mehr als dass er lief die Eingangstreppe hinunter – … er war draußen im Freien! Unter klarem Nachthimmel!

So glücklich indessen Schleppfuß' Entkommen aus den Fängen des Sandmanns und der einstürzenden Kirche war, muss dennoch mitgeteilt werden, dass es nicht übertrieben wäre zu sagen, zugleich mit dem Gewölbe sei auch sein Geist in Trümmer gefallen. Chaos zog ein in seinen Geist, der einst voll Ordnung und glänzendem Reichtum war, und wenn er, ohne etwas zu sehen, unbekümmert ob Sommer oder Win-

ter querfeldein lief, dann hatten die Kinder ihre Freude und lachten über ihn.

XVII. Epilog

„Ja, und dann?", fragte Marie, „was ist dann geschehen?" „Sie haben ihn in den frühen Morgenstunden in
der Nähe des Michelsberges aufgegriffen.", antwortete Dorina. „Man hat ihn nicht gleich identifizieren
können, er war gar nicht ansprechbar, scheinbar völlig
verwirrt; man hat ihn zur Polizei gebracht und von
dort in eine psychatrische Klinik. Was genau mit ihm
ist, weiß keiner."

Die sieben Studierenden standen, eben auf dem
Heimweg vom Stammtisch, vor der roten Ampel am
Grünen Markt, und warteten auf deren Umschlagen
um die Straße zu überqueren und sich zu verabschieden. Es war lange nach Mitternacht. Ottmar sagte: „Ja
genau, und er hatte eine Schwarznuss, ein Holzplättchen und einen langen seltsamen Brief in der Tasche,
den ihm der Sandmann geschrieben haben soll." „Ich
habe gehört", mischte sich Cyprian ein, „in dem Brief
steht, der Sandmann hat uns entführt und in St. Michael versteckt, und nur Schleppfuß könnte uns be-
freien, durch eine Letztbegründung der Moral, die er
ihm bis Mitternacht vortragen muss."

„Das klingt doch alles ziemlich verrückt.", widersprach Vinzenz. „Wenn es ihm nur durch philosophisches Argumentieren gelungen sein sollte, jemanden
vom Morden abzuhalten, wäre das zwar sehr schön,
aber auch in der Wirklichkeit ziemlich einmalig. Natürlich hätten wir das alle gerne, dass es so einfach
wäre, und können uns weil wir wollen dass das Gute
gewinnt Geschichten ausdenken wo es funktioniert,
auch auf die Gefahr hin, als naiv belächelt zu werden.
Ich glaube nur kaum irgendjemand dem ich das Ganze

hier erzähle würde mir glauben, es habe sich alles wirklich so abgespielt." „Naja", wandte Antonie ein, „wenn aber seitdem die Morde wirklich aufgehört haben?" „Könnte ja auch bloß Zufall sein.", sagte Ottmar, „Der Sandmann hat rechtzeitig gemerkt dass die Kirche einstürzt und ist abgehauen. Vielleicht sitzt er grad an neuen großen Projekten? Oder umgekehrt, Schleppfuß hat ihm eins auf die Mütze gegeben und bei der Diskussion ausgetrickst. Oder er hatte bloß Pech und ist halt einfach in der einstürzenden Kirche begraben worden." „Dann hätte man ihn ja tot in den Trümmern finden müssen. Aber bis jetzt habe ich nichts davon gehört, dass die Polizei auch nur irgend einen Hinweis auf den Verbleib des Sandmanns hätte. Der kann sich aber doch, wenn's ihn gegeben hat, nicht einfach in Luft aufgelöst haben! Dafür fehlt noch die Erklärung. Dass das Ganze ziemlich mysteriös wirkt, müsst ihr doch zugeben.", meinte Cyprian. Theodor erwiderte: „Naja, mir fällt schon eine denkbare Erklärung dafür ein." „Und die wäre?", fragte Antonie.

„Also, na, es wäre ja immerhin möglich, dass…, also klar wenn dann natürlich nur, weil seine Krankheit vor ihren Ausbruch schon latent da war, dass Schleppfuß selber…", sagte Theodor vorsichtig und brach ab. „Das würde ich ihm einfach nicht zutrauen, nie im Leben. Außerdem, wie hätte er das alleine tun sollen, uns zu entführen, noch dazu so, dass wir uns selber nicht mehr daran erinnern wie?", protestierte Marie. „Das wär auch schon wieder ziemlich abgefahren.", meinte Vinzenz. „Angenommen, der Sandmann wär quasi Schleppfuß oder eher der Schatten von ihm gewesen, aber so, dass Schleppfuß davon nichts wusste, offensichtlich. Er hätte uns entführt und sich dann selber einen Brief geschrieben und zu einer Diskussion über die Letztbegründung eingeladen, alles wäre nur in seinem Kopf passiert! Krasse Vorstellung."

„Keine Ahnung wie es jetzt wirklich war.", sagte Dorina nachdenklich. „Das mit Schleppfuß haben vielleicht doch grad bloß wir uns ausgedacht."

Nachweis der größeren Zitate

I. Allegro ma non troppo
Der Mensch muss sich erst wieder . . . der Wahrheit und der Schönheit hervorrufen: Schelling, Stuttgarter Privatvorlesungen, Ausgewählte Werke, Suhrkamp S. 71.

II. Scherzo
Ihm entwich der Verstand . . . und lachten über ihn: Baudelaire, chatiment de l'orgueil. Eigene Übersetzung.
Gluck gluck ... krick-krack: J. Offenbach, Les contes d'Hoffmann, Legende von Kleinzack
Schranke ist die Grenze . . . auf ein Nichtseiendes beziehen: G. W. F. Hegel, Wissenschaft der Logik 1812, Die Endlichkeit.
Ei, wie schmeckt . . . ach, so schenkt mir Coffee ein: Picander/ Bach, Kantate BWV 211, Aria.

IV. Allegro pesante e tetro
Es ist der Geist sein eigner Raum . . . nur immer ich: Milton, Paradise Lost, 1. Gesang.
Wer mit den Mysterien des Bösen ... als der Gute: Schelling, Stuttgarter Privatvorlesungen, S. 80.

V. Allegretto
Je mehr er hinauf in die Höhe . . . ins Dunkle, Tiefe, ins Böse: Nietzsche, Zarathustra, Vom Baum am Berge.

VI. Piu mosso

Die Menschen sind wenn . . . einiges Interesse abge-winnen: E. A. F. Klingemann, Die Nachtwachen des Bonaventura, 3. Nachtwache.

VII. Intermezzo

Die Nachtstunde schlug . . . dich nicht ins Geister-werk: Klingemann, Nachtwachen des Bonaventura, 1. Nachtwache.

IX. Allegro assai

Ja renne nur ...ins Kristall: E. Th. A. Hoffmann, Der goldene Topf, 1. Vigilie.
Ach! und weh! . . . nicht zu verderben: Andreas Gry-phius, Die Hölle.

X. Largo assai ed espressivo

Kann nichts und weiß nichts etc. zu Daniels Aussagen vgl. das Verhörprotokoll des Hexenprozesses gegen Daniel Bittel.
http://www.bamberga.de/hexenverhoer_daniel_bittl.ht m
Das Schattenreich ist das... nicht ermangeln: Kant, Träume eines Geistersehers, erläutert durch Träume der Metaphysik, Ein Vorbericht der sehr wenig vor die Ausführung verspricht.

XI. Danza delle streghe

Welcher Philosoph...sie zu widerlegen: Kant, Träume eines Geistersehers, Ein Vorbericht...

Hilfreich für die Detailbeschreibungen der Bamberger Altstadt   war:

https://de.wikipedia.org/wiki/Liste_der_Baudenkmäler_in_Bamberg

in Bezug auf die Hexen-Geistererscheinungen und deren Geschichten vgl.
http://www.antonpraetorius.de/downloads/namenslisten/Bamberg%20Namensliste%20Opfer%20mit%20Todesdatum.pdf

Diese Art von Erscheinungen... zum Bewußtsein offenbaret: Kant, Träume eines Geistersehers, Zweites Hauptstück.
Die Basis des Verstandes selbst...von leerem, unfruchtbarem Verstand: Schelling, Stuttgarter Privatvorlesungen, S. 82
Unselige Gespenster... netzumstrickter Qualen: Goethe, Faust II, Mitternacht.

XII. Adagio tranquillo e consolante
Es gibt ein Vergessen...faules Holz uns leuchtet: Hölderlin, Hyperion.

Zu Johannes Junius und seinen Aussagen vgl.
https://www.historicum.net/fileadmin/sxw/Themen/Hexenforschung/Themen_Texte/Unterricht/Bamberg_Kassiber_Uebertragung.pdf.

XIII. Presto agitato
Am Himmel hing... heißer hereinzog: Jean Paul, Rede des toten Christus vom Weltgebäude herab, dass kein Gott sei.

XIV. Cavatina

Unser Ich wird außer sich . . . das absolute Subjekt aufgehen: Schelling, Über die Natur der Philosophie als Wissenschaft.

Wenn man in der Kindheit erzählen hört…vom Monde niederfalle: Jean Paul, Rede des toten Christus.